KB141845

文이랑 책이랑 글이랑

이문희 지음

곰단지

책을 내며

다시 또 흐린 날,

비의 신 바루나는 무에 그리 아쉬울까요?

아직도 미련이 남아 흘깃흘깃 뒤돌아보고 있을까요?

새벽하늘에서 어정거리더니 비로 내립니다.

어제까지 정신없이 보내다가

모처럼 컴퓨터 앞에서 시간을 빗어봅니다.

도서관에 기웃거리다가 놀며놀며 10년이 넘었네요.

뚜렷한 문학 작품집을 만들기보다

그냥 제 삶을 정리해보려 합니다.

동네 아줌마들과 책 읽고 나눈 이야기들을 모아보았습니다.

2008년 만든 글쓰기 모임 문이와 함께,

채움도서관에서 만든 독서모임

지성부킹(지성을 만나기 위해 책을 읽고자 모인 사람들),

다른 도서관 독서모임을 거들다가

사람이 좋아서 활동하던 동그리미(동화와 그림책을 읽는 사람들),

고전문학을 읽고 싶어서 만든 고독한 엄마들(고전을 독-읽는 엄마들),

모임별로 네 꼭지로 정리했습니다.

채움도서관에서 이문희

Contents

I. 文이와 함께

- 권윤덕의 그림 읽기   11
- 그림책 그림 읽기 - 김동성   14
- 부엌 엿보기   16
- 광개토대왕   20
- 시란 무엇인가?   22
- 초대합니다.   25
- 인문학, 사람을 말하다!   28
- 꽃과 무의미의 시인 김춘수   31
- 도가니(공지영)   33
- 시의 제목   36
- 깃발, 사랑과 그리움에 대해   39
- 그 여자 이야기   41
- 그녀가 되자   44
- 연작소설 속 인물들   46
- 소설 속 인물로 본 현대의 청소년상   48

● 밤이 없는 나라　　　　　　　　　　　　51

● 아침, 삶과 죽음의 문　　　　　　　　　54

● 우리의 글쓰기는 충무김밥 만들기　　56

● 文이와 함께 그림책 만들기　　　　　59

● 文(글쓰기)으로 門을 열어 冊으로　　64

2. 동그리미

● 도토리 사용설명서　　　　　　　　　75

● 아저씨 변천사　　　　　　　　　　　77

● 알사탕　　　　　　　　　　　　　　79

● 봉주르 뚜르　　　　　　　　　　　　81

● 푸른마을의 이상한 엄마들　　　　　83

● 달샤베트　　　　　　　　　　　　　85

● 감기 걸린 물고기　　　　　　　　　87

● 불량가족 레시피　　　　　　　　　89

● 기억　　　　　　　　　　　　　　　91

- 여우가 책을 먹는다고?   93

3. 지성부킹

- 65년생 문희가 82년생 지영이에게   99
- 503호 열차   102
- 남자 찾아 산티아고   106
- 상상력이 권력을 쟁취한다   110
- 사실이란다   112
- 죽음이 전하는 말-말의 향연, 맛의 향연   114
- 잠좀 자자 아들아   116
- 통영을 그리다   118
- 파수꾼   120
- 내 그림자 돌아보다   124

4. 고독한엄마

- 어려움이 힘이다   129

● 끝나지 않았다   131

● 날이 저문다   133

● 내 안의 카라마조프   135

● 당신의 시는, 투쟁은 그리움이었습니다   137

● 숲, 잃어버린 시대, 두고 온 시간   139

● 눈바래기 하는 지지미   141

● 벤을 아는가?   143

● 슬그머니 보낸 선물에 톡으로 대답하다   144

● 돈키호테, 당신은 중독자였군요   146

● 돈키호테, 꿈에서 깨어나다   148

● 물구나무서기   150

● 고독은 늪이다   152

● 뻐드렁니 부모   154

● 사랑에도 치사량이 있더라   155

● 그래도 앞으로 구르기만 할 것인가?   156

● 시간 차가 빚어낸 오해의 끝   157

● 아웃!   160

• 안나에게   162

• 오만과 편견   164

• 오스카는 괴물인가?   166

• 이상한 일이다   168

• 친구라고?   170

• 호밀밭의 파수꾼   172

• 고독해서 고독하지 않은 날들   174

文이와 함께 ①

- 권윤덕의 그림 읽기
- 그림책 그림 읽기 - 김동성
- 부엌 엿보기
- 광개토대왕
- 시란 무엇인가?
- 초대합니다.
- 인문학, 사람을 말하다!
- 꽃과 무의미의 시인 김춘수
- 도가니(공지영)
- 시의 제목
- 깃발, 사랑과 그리움에 대해
- 그 여자 이야기
- 그녀가 되자
- 연작소설 속 인물들
- 소설 속 인물로 본 현대의 청소년상
- 밤이 없는 나라
- 아침, 삶과 죽음의 문
- 文이와 함께 그림책 만들기
- 文(글쓰기)으로 門을 열어 冊으로

文이와 함께

책읽는 푸른마을도서관 글쓰기 모임,

2008년 3월에 탄생, 매주 글 한 편씩 쓰다가

2012년 이후 그림책 작업,

「가락지」, 「위대한 스승, 남명 조식」 출판

긴 외도 끝에 글쓰기 세상으로 돌아왔다.

역사가 길다보니 사연도 많고 이야기도 많다.

권윤덕의 그림 읽기

　권윤덕의 작품 중 제일 먼저 생각나는 책은 '만희네집', '만희네 글자벌레'일 것이다. 요즘은 '꽃 할머니'가 많이 이야기 되고 있다. 그림책 만들어지는 과정을 다큐멘터리 영화로 제작한다는 소식 때문일 것이다. 사실 '꽃 할머니' 는 내가 보기에도 참 부담스러운 내용이었다. 너무 아픈 이야기, 돌아보고 싶지 않은 더구나 그런 내용을 아이들을 대상으로 하는 그림책으로 만들었다는 사실 자체가 충격이었다.

　처음에는 외면하고 대충 넘겨보다가 아이에게 읽어주었다. 아이에게 슬프지? 하고 물으니 아이는 응. 한 마디 뿐이었다. 내 생각보다 충격이 적었던 것 같다. 특히 그림 위주로 이야기하자면 일본군 모습이나 위안부의 실상을 갈색으로 연하게 표현한 부분이 눈에 들어온다.

이 작가의 다른 그림책들을 살펴보면 그림의 분위기가 거의 비슷했다.

화가 천경자의 그림에서 힘을 뺀 느낌이 들었다. 주제는 다양하지만 그림만 보면 권윤덕 작가의 그림이라는 것을 알아챌 수 있을 것 같다. 이렇게 같은 분위기의 그림으로 책을 만들면 한 사람의 개성을 표현할 수 있지만 주제가 다양하지 않으면 독자들이 식상하게 느낄 것 같다는 생각이 들었다. 그런데 권윤덕 작가는 주제가 참 다양했다.

주제별로 정리해보면 아래와 같다.
① 토속적인 내용 : 시리동동 거미동동(제주도 꼬리 따기 놀이 노래)
　　　　　　　　　만희네집(할머니네 집으로 이사 가서 사는 모습)
② 동물 이야기 : 고양이는 나만 따라해
③ 게임의 요소 : 만희네 글자벌레(곳곳에 미로찾기 게임을 배치했다)
④ 평화그림책 : 꽃 할머니(위안부 심달연 할머니 이야기)

아무래도 가장 눈에 띄는 것은 '꽃 할머니'일 것이다. 이런 주제로 그림책을 만든 자체만으로도 아무나 할 수 없는 일을 어렵게 해낸 것이다. 이런 맥락에서 우리가 작업 중인 '가락지'는 비교적 쉬운 주제인 것 같다.

그림 작업에 있어 전쟁 장면 처리가 가장 어려운 부분이고 시간이 걸리는 듯하다. 얼마나 사실적으로 묘사를 해야 하는지, 아니면 얼마나 단순화 시켜야 하는지를 결정하기가 까다롭다. '꽃 할머니'는 일본 군인들의 모습은 군복 입은 여러 병사들의 모습을 수채화로 표현했다. 비교적 단순화시킨 것 같다. 그리고 성폭력 당하는 장면도 그림으로 표현했다.

아이들은 사실 어떤 장면인지 이해할 수 없는 부분이다. 아이들이 받아들이는 만큼 분위기만 느끼게 해주었다는 생각이 들었다. 어린이 대상 그림책으로서는 최선을 다했다고 생각된다. 또 한 가지 인상 깊었던 것은 '만희네 글자 벌레'였다. 어린이들이 좋아하는 게임의 요소를 도입한 것이 참신하다.

단순한 미로찾기에서 더 나아가 컴퓨터 게임의 느낌이 드는 글자벌레의 창조이다. 게임 캐릭터의 요소가 많이 있어서 컴퓨터 게임으로 산업화시킨다면 좋은 프로그램이 될 거 같다는 생각도 든다. 이 점이 긍정적일지, 부정적일지는 더 많이 논의가 될 부분이다. 다만 그런 요소가 있고 아이들이 좋아한다는 사실은 분명하다는 점이다. 또 그림책 제작에 이런 기법을 쓴다면 어린이 독자를 끌어들이는데 큰 역할을 할 것이다. 앞에서도 말했지만 이 부분은 더 많은 고민이 필요하고 의견을 나눌 필요가 있다.

결론은 다른 사람들이 시도하지 않은 새로운 방법을 쓰면 분명히 모험이다. '모 아니면 도', '대박 아니면 쪽박' 일 것이다.

우리는 잃을 것이 없다. 따라서 우리 같은 아마추어들이 이런 시도를 해보는 것도 의미가 있으리라 생각한다. 어차피 우리는 도박판에 뛰어든 것이니까. 도박에도 전략이 필요하다. 앞에서 주로 이야기된 두 작품을 보며 편법이 아닌 전략으로 대박을 터뜨리길 기대해본다.

그림책 그림 읽기

(김동성 지음)

문이랑 책이랑 글이랑

　가장 기억할 만한 것은 '메아리', '엄마 마중', '들꽃 아이', '꽃신' 등의 그림책
이다. 그리고 이 책들이 김동성 그림이라는 것은 고개를 끄덕일만 하다. 시
대적 배경, 정서가 비슷한 내용이라서 그럴 것이다. 그런데 그림책 뿐 아니라
좀 글밥이 있는 동화책, 심지어는 우리가 익히 알고 있는 소설책의 삽화도 그
렸다는 사실에 '아!'하고 감탄을 하게 되었다.

　문학동네 어린이 문학상 대상 수상작인 '책과 노니는 집'을 비롯해 '안내견 탄
실이', 신경숙의 '푸른 눈물' 등 주제와 독자의 폭이 넓은 책에 그림을 그린 것
이다. 꼼꼼하게 모든 작품을 볼 수는 없었지만 기억을 되짚어보면 그림 분위
기는 비슷한 것 같다.

내가 읽은 작품 별로 두서없이 정리를 해보기로 한다.
 '책과 노니는 집'의 그림들은 따뜻하고 섬세하다. 갈색과 푸른 색이 주조를 이루는 색감과 장이의 표정이 이야기 내용과 참 잘 어울린다. '비나리 달이네 집'은 권정생의 글과 너무 잘 어울리는 그림이다. 표지 그림 속의 달이 눈빛과 올올이 살아있는 털, 아저씨의 표정이 살아있다.

 '엄마 마중'에서는 인물의 선을 단순화시켜 기다림을 더 절실하게 표현하고 있다. 슬프면서도 따뜻한 느낌이 든다. '메아리'에서는 깊은 산골 모습이라든가 소가 새끼 낳고 소에게 정을 붙여나가는 모습, 아버지의 모습이 잘 표현될 것 같다.

 몇 작품을 보다 보니 주된 색조는 갈색과 초록, 연두인 것 같다. 수묵화의 느낌이 나면서도 아주 구체적이고 세세하게 묘사한 것이 눈에 들어온다. 글 내용들이 비슷한 정서이기도 하고 그림 역시 아득한 우리 할머니 때의 느낌이 난다. 따로 설명하지 않아도 정말 어렵던 시절, 아련한 그리움, 안타까움으로 번져나가는 그러면서도 가슴 따뜻해지는 그림이고 글들이었다.
 아랫목 이불 속에서 꺼낸 따뜻한 밥 한 그릇을 먹고 배부르고 나른하게 졸려오는 편안함이다.

 김동성은 그림 작업할 때 먼저 연필로 스케치를 하고 컴퓨터로 스캔해서 색을 입힌다고 한다. 우리가 하려는 그림 작업도 결국은 그런 방향이 될 것 같다는 생각이 든다. 연필 스케치가 좀 더 섬세하다면 연필 스케치만으로도 그림책 그림이 완성될 수 있다는 생각도 해본다.
 이번 주 토요일 진주, 우진이의 그림을 보고 고민해볼 문제인 것 같다.

부엌 엿보기

밖으로 드러나면 왠지 불안한 곳, 부엌은 주부를 위한 공간이다. 보통은 가족들을 위해 맛있는 요리를 하는 곳이지만 경우에 따라서는 주부들의 독서실이 되기도 하고 아줌마들 수다가 늘어지는 사교의 장이기도 하다.

우리 집 부엌을 들여다본다. 요리 도구들이 가득 들어있는 씽크대, 맞은 편벽은 흰색으로 깔끔하게 도배지를 붙이고 덩치 큰 냉장고는 베란다로 퇴출시켰다. 냉장고 역시 색이 칙칙했었는데 일단 밖으로 내놓고 보니 주방이 환해졌다. 주방 가운데는 앤틱 분위기가 살짝 풍기는 원목 식탁을 놓았다. 그러고 보니 주방에 누구를 불러들일 때 분위기가 산다. 하얀 벽면이 살짝 심심하긴한데 그럭저럭 만족이다.

먼저 제일 복잡한 씽크대를 보자. 칙칙하던 수납장 문에 새 옷을 입혔다. 은색으로 반짝이는, 나는 참 반짝이를 좋아하는데 인테리어 필름지 고를 때도은색 반짝이만 눈에 들어왔다. 한 쪽 벽면에 요리하기 전 재료를 깨끗이 씻을수 있는 개수대, 재료를 썰고 다듬는 곳, 재료를 찌고 볶고 삶을 수 있는 가스레인지가 있다.

가스레인지 위에는 환풍기가 있는데 기름때에 찌들어 참 누리끼리한 것이마음에 안 든다.

옆에는 삼단 수납장이 차 종류를 품고 조용히 웅크리고 있다. 왼쪽으로 크게 두 칸으로 나누어진 수납장이 있는데 위 칸은 가려져있지만 아래 칸은 반투명 유리문이다. 위 칸은 역시 자주 안 쓰는 유리그릇들과 커다란 사기그릇이 들어있다. 아래 칸에는 또 두 칸으로 되어 있는데 왼쪽은 밥그릇, 국그릇, 자잔한 양념 그릇, 자주 쓰는 접시들을, 옆 칸은 각종 반찬 그릇과 키 큰 양념들을 넣어두고 쓴다. 또 제일 왼쪽으로 삼단 수납장이 있는데 이곳 위 칸에는 뚝배기나 작은 찌개 냄비, 두 번째 칸은 작은 접시, 제일 아래 칸에는 자주 쓰는 머그잔과 찻잔을 넣어놓았다.

밑에는 밥 먹고 나서 설거지한 그릇을 정리하는 아담한 이단 스텐 정리대가 얌전히 놓여있고 그 뒤로 칼 세트를 두었다. 요리 못하는 사람이 도구 탓한다고 거금을 들여 멋진 행켈 칼 세트를 사들였다. 그런데 제대로 갈아주지 않으면 아무리 비싼 칼도 무뎌져서 모든 재료를 썰 때 톱이 된다.

아래 수납장은 두 칸인데 한 칸은 제사 때나 나오는 접시들이 있고 아래 칸은 커다란 곰솥과 직화구이 냄비, 그리고 큰 접시가 있다. 옆 칸은 칸이 나누어지지 않아 제일 정신이 없다. 나물 무칠 때 쓰는 큰 그릇들과 김밥 말 때 필요한 것들, 거기다 수도 배관까지 뒤죽박죽 정리가 안 되고 옆으로 싱크인 정수기가 있다. 오른쪽으로 평소에는 그릇 수납장으로만 쓰고 명절이나 제사 때만 제 할 일을 하는 식기 세척기가 늘 심심하다. 또 세 칸 서랍이 이어져 있는데 위 칸은 자주 안 쓰는 수저 묶음, 두 번째 칸은 랩이나 비닐봉지가 들어있고 맨 밑에는 행주나 수세미를 넣어두었다. 오른쪽 가스레인지 아래 서랍에는 쓰레기 봉지나 집게, 약통, 전자제품 설명서가 있고 그 밑에 냄비며 프라이팬이 들어있다.

뭐가 이렇게 복잡한지, 정리가 참 안 되는 씽크대 소개가 드디어 끝났다.

베란다 쪽으로는 거실장으로 쓰던 장을 놓았는데 여기에도 그릇들이 들어있다. 그리고 이 녀석도 역시 은빛 옷을 입혔다. 어지르기 좋아하는 내 성격이 집 단장 후 한 달은 정리되더니 다시 원상회복되어 어수선하다. 그릇들이 들어있는 수납장 위가 다시 정신없다. 전기밥솥, 커피포트, 커피 메이커, 각종 영양제들, 오늘은 다른 일 미뤄두고 정리 좀 해야겠다.

주방 베란다는 더 가관이다. 냉장고와 소소한 수납장들(야채 넣는 것, 키 높은 슬림장, 쌀통)이 바깥쪽을 차지하고 있다. 수납장 위에는 전기 오븐이 있고 벽 쪽으로는 김치 냉장고가 있다. 김치 냉장고 위쪽에 또 수납장이 흰색으로 매달려 있다. 이 안에는 덩치 큰 솥이나 김치통, 꿀병이나 술 종류도 있다.

요건 몰랐을걸. 우리 집에 자주 오는 사람들도 여기가 보물창고라는 것은. 이 정도면 양호하지만 문제는 김치 냉장고 위쪽에 미처 치우지 못한 통들이 있고 아직 건져내지 못한 매실들이 있고 재활용 쓰레기들도 가끔씩 이곳에 있다. 냉장고에 들어가지 못한 과일 박스들도 있다.

정말 정신없다. 사람이 살다 보면 뻔뻔해지나보다. 이렇게 어수선한 곳에 사람들 불러 차 마시고 이야기 나누고, 속으로 민망하면서 아무렇지 않은 척 흉보지 말라고 너스레를 떨고 있다. 머릿속이 뒤죽박죽, 그래도 기죽지 않고 잘 살고 있다. 모자란 대로 인정하면서 날 잡아서 조금씩 정리해가면서 다시 어질러가면서 살고 있다.

부엌을 들여다보면 주부의 성격이 고스란히 보인다. 가지런히 속속들이 정리 잘 하는 사람, 보이는 곳에 눈에 걸리는 것을 용납하지 못하고 속으로 감추는 사람, 밖이나 안이나 정신없는 나 같은 사람. 아마 사람살이도 비슷할 것이다. 모든 일에 명쾌하고 똑 부러지는 사람은 주변 정리도 잘 할 것 같고 그러나 좀 대하기 어렵다. 왠지 흉잡힐 것 같고 혼날 것 같아 주눅 들게 하는 사람, 혹은 겉보기에는 정말 빈틈없어 보이는 사람이 어느 순간 어이없는 실수를 하는 매력을 보이는 귀여운 사람, 들어서는 순간 정신없고 적당히 흉봐도 받아줄 것 같은 사람, 그중에 나는? 아마 마지막 유형이지 않을까 싶다.

 푹 퍼져서 정신없이 늘어놓고 살다가 어느 날 후다닥 정리하고 일을 미루다가 어느 순간 후다닥 처리해버린다. 그런데 과연 사람들이 우리 집을, 또 나를 편안해할까? 그럴 거라고 착각하며 오늘도 씩씩하게 설거지를 미뤄놓고 밖으로 나돈다.

광개토대왕

주말이면 어김없이 큰 아들, 작은 아들의 채널싸움이 이어진다. 어린이 TV와 스포츠 채널 사이에서 드라마가 끼어들 틈이 없다. 나 또한 요즘 별로 관심 있는 드라마도 없다. 그런데 머리만 닿으면 코를 고는 남편에 닌텐도에 빠져있는 아들 틈으로 드라마가 눈에 들어온다. 크크 숙제 하라는 이야기인가 보다.

담덕, 이 인물의 눈빛이 강하다. 강해야 한다. 내용상으로는. 그런데 분장도 어설프고 표정도 어색하다. 그래도 담덕이라는 인물은 충분히 매력적이다. 앞으로 그가 어떤 역사를 펼쳐보일지 살짝 궁금해진다. 거기에 로맨스와 정치를 버무려놓았다. 태왕비를 선택하는 장면이다. 태왕비로 낙점된 여인네는 운명에 수긍하기로 한다. 아버지의 눈물겨운 사랑이 보인다. 네가 원하지 않으면 궁에 들어가지 말라고 한다. 정치 인생 뿐 아니라 자신의 목숨을 건 결심이다. 딸은 궁에 들어가기로 한다.

장면이 바뀐다. 궁이다. 태왕과 예비 태왕비가 산책을 하고 있고 이를 보고 있는 여인네가 있다. 누구일까? 눈물로 태왕의 미래를 축복해주며 이별을 고하는 여인! 바로 원래의 태왕비! 그런데 어찌된 일인가? 처음부터 본 드라마가 아니라 이야기가 연결이 되지 않았었는데 조금의 인내심을 갖고 보다 보니 전쟁이 있었고 전쟁통에 생사 확인조차 못하고 새로운 태왕비를 맞이해야하는 고구려였다. 후연과의 전쟁이었나보다. 후연에 잡힌 태왕비의 오빠가 담덕을 원망한다. 담덕에게 복수

하겠다고 후연에 협조하기로 한다. 동생을 배신한 담덕이 괘씸한 것이다. 물론 이렇게 되기까지는 후연의 장군이 모사를 꾸미고 이간질을 한 결과이다.

이제 국혼이 결정되고 각국에 사신을 보낸다. 예물은 필요 없고 전쟁 때 잡아간 고구려인 포로들을 돌려달라고 한다. 여기에는 고도의 정치 전략이 담겨있다. 국제 정세를 정확히 판단해서 적군과 아군을 가려보겠다는 계산이다. 백제, 신라, 거란, 말갈, 후연 등등의 나라에서 술렁거린다. 어찌 대처해야할지 한참 계산 중이다. 이야기가 어찌 흘러갈까? 그리고 그 사이에 양념으로 배어있는 담덕의 원래 태왕비에 대한 그리움과 사랑, 그리고 다른 사람을 가슴에 담고 있는 사람의 곁을 지켜야하는 또 다른 여인네! 이제 겨우 이야기의 흐름을 읽을 수 있으려나 싶은데 우리집 태왕전하께서 텔레비전을 꺼버린다.

이제 자자. 허걱! 자기는 지금까지 실컷 자놓고 왜 나의 숙제를 방해하는지. 그런데 간 작은 태왕비는 운명을 거스르지 못하고 텔레비전을 끄고 아이를 재울 준비를 한다. 그래 이 정도면 보이는 대로 드라마를 본만큼 적을 수 있겠지. 담덕 옆을 지키던 여인네처럼 순순히 텔레비전을 끄지만 나도 나름의 전략을 세운다. 가정의 평화, 이웃과의 관계 설정...

드라마의 속성이 참 묘하다. 한 번 빠져들면 중독이 되고 안 보기 시작하면 참 시들하고 비생산적인 것이 극과 극을 달린다. 누가 고상해서 그런 것도 누가 한심해서 그런 것도 아닌 것이 참 나를 허무하게 만들기도 하고 현실에서 이루지 못한 것을 대신해주는 정신과 치료를 하게 하기도 한다. 잠깐 동안 나는 담덕의 여인이 되었다. 원래의 태왕비도 가슴 아프고 다시 간택된 새로운 태왕비도 안쓰럽다. 그러나 나라면 새로운 태왕비가 그래도 나을 것 같다. 왜냐하면 해야 할 일이 있고 사랑의 물고도 시간이 흐르면서 내게로 돌릴 수 있지 않을까 싶다. 미련 없이 텔레비전을 끄고 현실로 돌아와 아이에게 책을 읽어주고 잠을 청한 주말이다.

시란 무엇인가?

시는 감동이다

시는 노래다

시는 흥이다

시에 대해 정리하자면 일단 떠오르는 것은 이렇게
세 가지다.

고대에 노동의 힘겨움을 덜기 위해 자연발생적으
로 흥얼거리던 것들, 또는 인간이 이겨내기 힘든 상황에 접했을 때 찾던 신에
게의 기도문, 기도에 따르는 춤사위, 음악 이런 것들이 지금 예술의 형태로 발
전해온 것이다. 이들 영역 중에 우리는 시에 대해 생각해보자.

사람이 힘든 상황에서 가장 먼저 반응하는 것이 신음이고 고통을 잊으려고
즐거움을 찾는다. 역설적이지만 고통을 즐거움으로 승화시키려는 자연스런
행동 양식이다. 노래, 노래가 아마도 제일 먼저 일 것 같다.

이야기에 가락을 붙이는 것, 우리는 가락을 붙이기 이전 단계인 이야기를 말
하려한다. 고통의 순간에 긴 이야기를 떠올리기는 힘들 것이다. 한 마디, 한

구절 정도 내뱉다가 한 단락이 되고 한 편이 된다. 이야기 한 편, 노래 한 곡이 만들어지는 것이다.

복잡한 현대 문명을 살아내면서 시를 잊어간다. 그렇다고 고통이 줄어들지는 않았을 것이다. 고통의 종류가 달라지고 고통을 해소하는 다양한 방식의 문화가 발달했기 때문일 것이다. 그런데 이렇게 다양한 고통 해소의 문화에 따르는 부작용을 무시할 수 없다.

사회가 각박해지고 폭력이 난무하고 끝없는 쾌락과 범죄를 걱정한다. 물론 예전에도 이런 일은 늘 있어 왔다. 단지 사회 조직이 작고 정보가 노출되지 않았기 때문에 못 느꼈을 뿐이다. 그렇다고 해서 우리가 사회는 그런 것이니까 늘 그랬으니까 괜찮다는 이야기는 아니다. 이 대목에서 시를 논해야 할 것이다. 앞에서 말했듯이 삶이 고달플 때 나온 첫 번째 행동양식이 시이다. 삶의 고달픔을 달래는 원초적인 행위인 것이다. 그리고 이런 행위에 따르는 부작용은 최소한이고 부대 비용도 최소한이다.

장비가 필요한 것도 아니고 폭력을 조장하지도 않는다. 물론 경우에 따라서는 민중을 선동할 때도 있다. 그렇지만 이런 경우는 오히려 순기능에 해당하는 일이 아닐까 싶다. 결국 시를 말하기 위해 거창하게 시작했지만 시는 이글 첫 부분에서 말한 감동이고 노래이고 흥이다. 어쩌다 이런 시가 어렵고 골치 아픈 존재로 인식이 되었지만 시의 장점은 관용에 있다. 독자에게 강요하지 않는다. 어려우면 어려운대로 남들이 뭐라든 내 방식대로 정리하면 되는 일이다.

꼭 논리적일 필요도 없다. 물론 논리적으로 정리가 잘 되면 독자에게는 편하다. 그렇지만 이렇게 친절하다고 반겨줄 사람은 드물다. 오히려 좀 오만불손하고 고개 갸우뚱거리게 만들 때 사람들이 한 번 더 들여다보고 관심 가져주기도 한다.

우리는 일단 시와 친해질 필요가 있다. 우리가 손 내밀어 친해지면 우리 삶에 감동과 노래와 흥이 배어들게 될 것이다. 멋지지 않은가?

 지난 한 학기 동안 무턱대고 시를 읽어왔다. 그냥 느껴왔다. 사람마다 느낌은 다르고 감동도 다르지만 우리가 손 내민 만큼 시가 친해졌으리라 생각한다. 이제 시가 나에게 고개를 돌리고 눈인사를 나눌 수 있는 시기가 된 것 같다. 이쯤이면 시를 쓰는 흉내를 내봐도 좋지 않을까 한다.

 우리는 모두 한 때 문학소녀였으니까. 흉내 내는 단계 없이 바로 신음을 토할 수도 있고 노래를 부를 수도 있을 것이다. 심금을 울리는 한 구절씩 건져 올릴 수 있을 것이다.

초대합니다.

현관문을 열고 들어서면 창문 쪽으로 하얀 색 수납장이 있고 자전거가 두 대 있다. 성진 아빠는 매일 자전거를 탄다. 심지어 아이가 아파도, 참 열심이다. 반면 성진이 자전거는 거의 장식용이다.

작년 생일 선물로 노란색 자전거를 사주었는데 초기에 타더니 요즘은 그냥 모셔두고 있다. 또 문이 있는데 그 문에 행복이 가득한 집이라고 성진이가 삐뚤빼뚤하게 쓴 문패가 있고 행운을 불러온다는 종이 있다. 나는 이 소리가 참 좋다. 작년 글쓰기 모임에서 다솔사에 갔다가 사온 것인데 맑은 소리가 다솔사의 기운을 선물해주는 것 같다. 이 문을 열고 들어서면 천장까지 이어지는 신발장이 있고 바닥에는 나무깔판을 깔았다. 그리고 또 문이 있다.

겨울에 추울까봐 이사 오면서 제일 먼저 한 일이 중문 달고 전실 수납장을 짠 일이다. 그래서 문이 좀 많은 느낌이지만 평소에 열어두고 있으니 크게 불편하지는 않다.

문을 세 개씩이나 열고 들어선 거실, 우리집 거실은 지금 도서실로 옷을 갈아입으려 한다. 거실 벽을 가득 채우던 텔레비전이 애물단지로 구박 당하다가 작은 방으로 옮겨가고 그 자리에 3단 원목 책꽂이가 있다. 여름내 도배를 하고 베란다에 페인트칠 하고 주방도 꽃단장을 했다. 거금을 들여 책꽂이도 장만했다. 뒤판도 원목이라 돈이 많이 들었지만 연두색 뒤판이 은근히 멋스럽고 책장 가득 채운 책들도 뿌듯하다.

나는 이곳이 마음에 드는데 성진 아빠는 불만이 많다. 텔레비전 때문일 것이다. 그래도 나는 고집을 꺾지 않았다. 거실에서 사람들이 모두 바보상자만 바라보고 있는 것이 싫으니까. 이제는 성진이도 성진 아빠도 적응이 된 것 같다. 그런데 작은 방에 모여서 바보상자에 빠져든다는 문제가 있다. 공간이 문제가 아니라는 생각이 든다. 그래도 조금은 나아진 것 같다.

아직은 이곳이 순전히 아이만을 위한 도서실인 듯해서 아쉽다. 내 책도 옮겨와야겠다. 더불어 성진 아빠 책도 조금씩 이사시키면 우리집 두 남자 텔레비전 채널 싸움도 좀 잠잠해지려나?

완전히 흰색으로 둘러싸인 벽이 좀 심심했었는데 책꽂이를 들여놓으니 봐줄만 하다. 책꽂이 옆 구석에는 키다리 에어컨이 있는데 이 친구 또한 여름에 며칠만 사랑받고 다른 때는 장식용이다. 그래도 한여름 장마 때 제습 기능을 쓰면 거실이 쾌적해지니 고마운 녀석이다.

바닥에는 입주하면서 사들인 대리석 분위기 탁자가 있고 반대쪽 벽에 주황색 소파가 있다. 소파 뒤쪽 벽은 포인트 벽지를 붙였는데 보라색 바탕에 기하학적 꽃무늬가 이어져있다. 처음에는 그다지 마음에 들지 않았는데 시간이 갈수록 분위기가 좋다. 위쪽으로 성진이 백일 사진을 넣어 만든 시계를 걸었는데 아이에게 화가 날 때마다 시계를 보면 진정이 된다. 어릴 때 내게 얼마나 큰 기쁨을 주었는지 생각하면서...

베란다와 경계를 이루는 곳은 커다란 유리문인데 유리문은 성진이를 위한 낙서장 내지는 게시판이다. 여러 가지 스티커가 어지럽게 붙어있고 작년에 시광이가 그려준 고양이 그림과 인도 코끼리 그림이 있다. 이 공간은 성진이의 창작 공간이라고나 할까? 밤에는 이 유리문을 덮어주는 커튼이 있다. 금색 자가드 커튼과 하늘거리는 연갈색 속 커튼이 분위기를 살린다.

이제 베란다로 나가볼까나? 이곳에 수현씨가 분양해준 작은 다육 화분 두 개가 있고 햄스터 집이 있다. 지난 연말 피카츄 분위기 나는 골든 햄스터를 두 마리 샀는데 호기심 많은 사랑이는 가출해서 행방불명이고 기운 없고 소극적인 소랑이가 느리적거리며 살고 있다. 얼마 전에 성진이 친구가 수컷 햄스터를 한 마리 주더니 암컷도 마저 넣어주었다. 덩치가 워낙 차이가 나는지라 소랑이 근처에 가지도 못하더니 두 놈이 되자 겁 없이 잘 논다.

원래 우리 전통 가옥에서는 거실이라는 이름이 없었다. 안방, 사랑방, 대청마루 등이 거실의 역할을 해왔을까? 그 중 대청마루 정도가 지금의 거실과 제일 비슷할 것 같다. 대청마루도 보통 집에는 없고 아무나 들러 편하게 물 한 잔 마시고 이야기 나누는 들마루가 더 편했지 싶다. 이런 들마루처럼 편한 곳에 내가 좋아하는 사람들, 나를 좋아해주는 사람들, 심지어는 안 좋아하는 사람들을 모두 모두 초대하려 한다.

맛난 커피와 좋은 책과 그보다 더 영양가 높은 정을 나누고 싶다. 우리집 거실은 내가 이런 꿈을 꾸게 하는 곳이다. 이곳으로 여러분을 초대합니다.

文이와함께

인문학, 사람을 말하다!

그동안 여러 매체를 통해 우리 이야기를 글로, 말로 알렸지만 인문학 강의 제안은 부담이었다.

인문학이란 말이 주는 무게감 때문이었다. 그러나 인문학이 무엇인지에 대해 나 나름대로의 정의를 하고 나니 길 위의 인문학 첫 강좌에 대한 가닥이 잡혔다. 인문학은 별스럽게 어려운 일이 아니고 살아가는 이야기일 것이다. 혼자 사색하는 것이 인문학이 아니고 내 이웃들과 어우러져 살아가는 이야기일 것이다. 그렇다면 나는 할 말이 많다.

지금 인문학이 곳곳에서 둥 둥 떠다닌다. 아는 척, 잘난 척 하는 철학자들, 일부 독서애호가들의 전유물처럼 생각되던 인문학이 텔레비전이나 스마트폰 화면에 떠다닌다. 곳곳에 강좌도 많다. 길 위에 인문학이 넘쳐난다. 드디어는 나처럼 평범한 보통 아이 엄마가 인문학 강좌의 강사로 사람들 앞에 서보기도 했다. 처음에는 나에게 어울리지 않는 어색하고 어려운 자리로만 생각했다.

다행히 나는 개인이 아니었고 함께 그림책을 만들었던 모임이 함께 했기에 가능했다. 논개 이야기, 남명 조식선생 이야기를 어린이들 대상 그림책으로 만들었던 지난 4년을 사람들에게 소개했다. 그동안 좀 뻔뻔해지기도 했다. 강의 자료를 정리하면서 함께 해온 회원들 얼굴을 하나하나 떠올려보았다.

나처럼 평범한 아이 엄마들이었다. 음식 쓰레기 비우러가서 몇 시간씩 수다 떨고 가을이면 맛난 배를 깎으면서 올해는 배가 덜 달다고 이야기하는 사이, 집에 있는 녹차를 보온병에 담아 가좌산에 올라 함께 마시던 사람들, 그들이 함께 만든 이야기였다.

지나고 나니 참 잘 놀았다 싶다. 그냥 함께 해온 놀이였다.

아이 엄마로 부끄럽지 않으려 했고 우리 놀이에 아이들도 함께 하고 싶었다. 거창한 위인전을 만들기보다 우리에게 익숙한 매체, 그림책으로 아이들과 잘 놀아보고 싶었다. 위인을 만들기보다 바르고 행복한 사람으로 키우고 싶었다. 우리 책이 그 목적에 조금이라도 역할을 할 수 있기 바란다.

인문학은 혼자 하는 것이 아닐 것이다. 인문학이라면 떠오르는 공자, 맹자, 부처, 소크라테스, 이런 성인들도 혼자 책만 읽은 사람들이 아니라 젊은이들과 이야기를 나눈 이들이다. 의도를 갖고 계산된 일이 아닐 것이다. 정치판에서 돈과 명예와 권력을 노리고 사람들을 선동했을까?

어쩌면 이 분들은 그런 것들로부터 자유롭게 살라고 했고 자유롭게 살았던 이들이다. 그런데 인문학이라는 말이 세속적으로 성공한 사람들이 고전을 많이 읽었고 기업 총수가 그런 책을 좋아한다고 해서 아이들에게 또 다른 부담을 지운다. 왜곡된 인문학일 것이다.

"文이와 함께" 이 모임 또한 유명해지려고 한 일이 아니었다. 돈을 벌려고 한 일은 더더욱 아니었다. 아이 키우는 엄마로 부끄럽지 않게 살려고 했다. 아이들이 자라 청년이 되고 어른이 되는 과정에 작은 오솔길 하나 만들어주고 싶었

文이와 함께

다. 시원하게 고속도로를 뚫어주기보다 숲 속 오솔길을 걷게 하고 싶었다. 모르는 세상에 대해 피하지 않고 호기심을 갖고 알아나가고 그들의 작은 오솔길을 걸으며 생각하게 하는 일, 그런 길잡이가 인문학이라 생각한다.

나는 2016년 9월 1일, 진양도서관 길 위의 인문학 강좌 첫 번째 이야기꾼으로 초대받았다. 사람들 앞에 선다는 것이 늘 부담이다. 너무 크고 두터운 겨울 외투를 입은 것처럼 무겁고 땀나는 일이다. 그래도 용기를 내봤다. 내 아이에게 이야기 하듯이 자연스럽게 하려고 했다.
우리 이야기를 들어주신 분들과 그 자리를 마련해주신 진양도서관 관계자분들에게 감사를 드린다. 내게 숲 속 오솔길을 알려주신 분들이라 생각한다.

꽃과 무의미의 시인, 김춘수

꽃을 본다
꽃 내음을 맡는다
꽃 그림을 본다
꽃 시를 듣는다

샤갈의 마을에 눈이 내리고
의미 없는 러시아 여인들이
주저리 주저리 이야기를 풀어 낸다

사랑을 노래하고
그리움을 노래하고
여느 시인들처럼
고독, 슬픔도 말한다

그는 이야기한다
시는 어려운 거라고
내 생각과 다르지만
맞는 말인 것도 같다

쉽게 쓰고
곱게 쓰는 일이 얼마나 어려운지도 안다

나는 쉬워 보이는 시를 쓰고 싶다.
세상살이에서 가장 어려운 일에 도전하고 있다.
읽기는 쉽지만 쓰기는 어려운
가장 어렵지만 가장 하고 싶은 일을 하고 있다.
굳이 의미를 부여하지 않아도
아름다운 일,
의미가 없어 보여도
아름답다는 이유만으로 보람된 일
그런 일이 바로 시를 쓰는 일일 것이다.

보편적 도덕의 불변

「도가니」(공지영 지음)를 읽고

인터넷 화면 상에 떠있던 도가니는 뭔가 열정적이고 활화산같은 느낌이었다. 그런데 막상 내가 읽은 도가니는 작은 오지그릇에서 바글바글 끓고 있는 답답하기 짝이 없는 곰탕국물이었다. 읽는 내내 두통이 떠나지 않고 가슴 답답해지는 그런 소설이었다.

곰국이 끓어 넘쳐도 아무 짓도 할 수 없는 그러나 그렇게 끓고 또 끓은 곰국이 보양식이 되듯 내 두통의 끝은 슬픔이었다가 아픔이었다가 아픔을 넘어선 숨막히는 긴장감이었다가 알 수 없는 작은 희망의 불꽃이었다.

아무것도 변한 것 같지 않은 상황, 정말 세상에 정의라는 것이 있는지, 안개 속에서 방황하는 무진시에 아주 작은 변화로 끝나는 소설, 그렇지만 작가는 작은 변화의 불씨가 안개를 조금씩 거두어낼지도 모른다는 가능성만을 희미하게 보인다.

세상에 알린다는 것만으로 커다란 한 발을 내딛는 것, 고발 자체가 갖는 의미, 그리고 허위, 과장, 이런 것들이 그냥 핏빛 고추장 양념처럼 뒤범벅이 되어 끈적거리는 소설, 마지막 책장을 덮고도 두통이 하루 이상 지속되었다.

가벼운 감기 몸살이려니 생각될 정도로 견딜만한 나른함, 허무함이었지만 오늘 두통을 멀리 보내고 다시 곱씹어본다. 작가의 신열이 내게 옮겨와 작가가 글을 쓸 때 느꼈을 법한 고통은 진실을 아는 과정과 진실을 밝히는 과정 그리고 진실이 다시 감추어지는 과정에 대한 아픔일 것이다. 정말 힘들게 쓰여진 소설이고 힘들게 읽히는 소설이었지만 강한 충격과 감동을 이끌어내는 도가니 속에서 지난 주말 열병을 함께 앓았다.

이 세상이 이 나라가 변할 것인지 아니면 영원히 부조리하게 돌아갈지, 어쩌면 그 부조리는 사라지지않고 다른 얼굴로 변하기만 할 것 같다. 새로운 얼굴로 더 황당한 모습으로 더 이해하기 힘든 기괴한 모습으로 불쑥불쑥 고개를 들 것이다. 그래도 진실을 밝히려는 사람이 한 사람만이라도 있다면 거기에 힘을 보태는 사람이 한 두 사람이라도 있다면 이 세상은 변할 것이다. 그렇게 믿고 싶다.

영화로 본 도가니

작년에 소설로 만났던 도가니가 답답한 느낌이었기에 마음의 준비를 단단히 하고 영화관에 갔다. 영화로 만나는 도가니에 사실은 크게 기대하지 않았다. 작가의 이름값, 언론의 분위기 띄우기가 솔직히 부담스러웠다. 사람들이 그다지 관심을 기울여줄 것 같지 않은 불편한 진실을 다룬 영화이기에 영화가 일찍 막을 내릴 것 같은 불안감을 비웃듯이 영화는 성황리에 상영 중이다. 어쨌든 그런 반응이 고맙기도 하고 그런 세상에 희망을 가져본다.

소설이나 영화에서 정말 맘에 안 드는 결론으로 끝나지만 이야기는 끝나지 않고 이어지고 있었다. 뭔가 변하리라는 기대를 가져도 될 것 같다. 사람들이 관심을 가져주는 것도 그렇고 진실에 대한 눈을 아주 감고 살지는 않는구나 라는 안도감도 가지게 된다.

더구나 배우들의 연기가 정말 대단했다. 악역을 맡은 배우는 정말 화면 속으로 들어가서 침 뱉어주고 싶을 만큼 실감났고 인호역의 공유는 정말 인호의 모습이 저러하겠지 싶었다.

 소설로 본 도가니는 아주 가슴이 답답했는데 혼자 이루어지는 독서와 많은 사람들이 함께 보는 영화 매체의 차이를 느낄 수 있었다. 한 자리에서 같은 이야기를 동시에 느끼고 열받고 느끼고 씩씩대면서 우리는 생각을 하게 된다. 틀린 줄 알면서 바꿀 수 없는 현실이 이런 방법으로 조금씩 바꿀 수 있겠구나 생각하게 된다.

 약자를 짓밟으며 작은 이익에 눈이 멀어가는 권력층이 말 못하고 못 듣는 모자란 아이들의 진실을 밝혀나가는 과정에 무릎 꿇고 사과하는 날이 올 것이라고, 그리고 그에 합당한 벌을 꼭 꼬옥 받게 될 것이라고 믿어본다. 아직은 아니 진실은 꼭 밝혀질 것이고 정의는 살아있고 보편적 도덕은 불변이라고 믿어본다. 그런 희망을 갖게 된 시간이었다.

시의 제목

 모든 글의 제목은 중요하다. 제목은 글의 얼굴이고 이름이다. 사람을 만났을 때 그 사람을 판단하는 기준이 되는 것은 첫인상일 것이다.

 첫인상은 얼굴에서 크게 좌우한다. 얼굴을 보고 느끼는 것은 예쁘고 밉고의 느낌보다 얼굴에서 느껴지는 분위기일 것이다. 인상이 좋다, 나쁘다라는 것은 눈, 코, 입의 균형과 조화가 중요하고 그보다 더 중요한 것은 찡그린 얼굴보다는 환하게 웃는 얼굴에서 좋은 인상을 느끼기 쉽다. 그렇지만 어울리지 않는 웃음은 오해를 살 수도 있고 심한 경우 비정상적인 사람으로 취급된다.

 잔잔하지만 편안한 사람도 좋은 느낌을 주지만 때로는 화내는 모습에서, 어떤 사안에 대해 정확하고 날카롭게 비판하는 모습에서, 완벽해 보이는 사람의 어이없는 실수를 볼 때 매력을 느끼기도 한다.

 책 제목이 그렇듯이 시의 제목도 마찬가지다. 관심을 갖고 들여다보는 제목은 의외성을 느낄 때이다. 거부감을 느껴서 들여다보는 때도 있고 말이 예뻐서 손이 가는 경우도 있고 너무 평범해서 읽게 되는 경우도 있다. 그래서 시 짓기에 왕도나 법칙이 없듯이 제목 붙이기에도 요령은 없다. 독자들은 변덕쟁이이기 때문이다. 그러나 시대별 제목의 유형은 정리할 수 있을 것이다.

 일제 시대의 시 제목은 명사를 많이 붙였다. 이런 경향은 꽤 오래 갔다.

70년대까지도 주로 명사로 된 제목이 많았다. 그러다가 80년대 민주화가 쟁점이 되면서 구호성 제목, 공격적인 제목을 붙이기 시작했고 대중가요 제목이 그렇듯이 한 문장으로 이루어지는 서술형 제목이 등장하기 시작한다. 이런 흐름은 90년대 2000년대까지도 이어진다. 2000년대 후반부터는 도치법을 이용한 시 제목이 나오고 쉼표로 연결하는 제목이 많이 보인다. 물론 아직도 명사로 된 단어 하나 짜리 제목이 대부분을 차지할 것이다.

분명한 것은 독자들은 누구나 미루어 짐작할 수 있는 뻔한 제목, 뻔한 내용의 시에는(글에는) 매력을 느끼지 못한다는 것이다. 의외성! 고개를 갸웃하면서 무릎을 치는 제목(내용)에 감탄하는 것이다.

아주 평범한 시이면서 의외의 한 구절에 감탄하고 의외의 제목에 무릎을 치는 것이다. 이는 일반적인 시론과 맥락을 같이 한다. 시의 제목만 그런 것이 아니라 시의 내용 역시 마찬가지다. 다만 제목이 첫인상이고 얼굴이기 때문에 좀 더 신경을 쓸 수밖에 없는 것이다.

시의 제목은 화장 및 분장이 어렵기 때문에 맨 얼굴로 승부해야 한다. 그래서 더 어렵게 느껴진다. 어린 소녀가 화장을 진하게 하면 어색하고 오히려 맨 얼굴이 예뻐 보이듯이 시는 오히려 단순하고 자연스러운 것이 좋다. 특히 시를 처음 쓰는 사람들에게는. 그렇지만 처음이기 때문에 다소 모험을 할 수도 있고 어색한 화장을 해도 용서가 될 것이다.

겁내지 말고 시도하는 것이 더 중요하다는 말이다. 우리 모두 용감하게 모험하고 맨 얼굴도 디밀어보고 맨 얼굴에 어색한 화장으로 떡칠해보자. 아니 일본 게이샤처럼 분장도 해보자. 실패를 두려워하지 말고 여러 가지로 시도해보면 모두를 매혹시킬 멋진 시가 나올 것이다. 멋진 제목, 시와 궁합이 딱 맞는 그런 제목을 붙일 수 있을 것이다.

가을잎이 곱게 물드는 10월,
바람은 다소 쌀랑해졌지만
우리 가슴은 더 따스해지는
시인이 되는 2012년이 될 것이다.

깃발, 사랑과 그리움에 대해
「깃발 나부끼는 그리움」(유치환 지음)을 읽고

한 사람의 시집을 읽는다는 것은 그 사람의 삶을 읽는 것이다.
한 삶을 부분 부분 찍어 보여주는 x-ray라고 할까?
작품이 적은 시인의 시집은 한두 권으로 요약되는 x-ray일 것이다.
작품이 많은 시인의 시 선집은 CT 사진 정도일 것이다.
작품이 많은 시인의 시 전집은 MRI 정도가 되지 않을까 싶다.

학교 다니면서 교과서에 실렸던 그리움, 깃발, 바위 등등 시 몇 편으로 그를 안다고 했었다. 유치환 시인 탄생 100주년 기념 시집 '깃발 나부끼는 그리움'은 시인에 대한 이해의 폭을 넓게 해주는 계기가 되었다. 작년에 통영 문학기행 가서 얻어들은 단편적인 사실들과 병처, 안해 같은 시들을 읽으며 우리네와 다름없는 소소한 가족애도 더불어 느낄 수 있었다.

시인은 끝없이 외롭다. 가족이 있어도 외롭고 사랑하는 이가 있어도 외롭고 사랑을 알기에 더 외롭다. 외롭고 그리워서 행복한 것인가?
사랑의 절정에 달했을 때 깃발을 내걸었다. 그리움의 깃발을!
여류시인 이영도와의 스캔들, 둘 사이의 사랑의 편지를 출간하는 용기, 그는 천상 시인인가보다. 잠시의 일탈인지 진정한 사랑인지 감정의 사치인지는 받아들이는 사람마다 다를 것이다.

이 시집을 곱씹어 읽어보았다. 소리 내 읽어보았다. 그러면서 어떤 이름을 붙이든 삶의 골짜기에서 만나는 일들은 나나 그나 크게 다르지 않을 것이라는 것이다. 다르다면 표현 방법의 차이일 것이다. 사랑을 표현하는 것, 감추는 것, 당당한 것, 부끄러운 것, 아름다운 것, 추한 것, 그에 덧붙여 가장 중요한 것은 책임과 믿음일 것이다. 가족에 대한 책임, 내 삶에 대한 책임, 그에 대한 믿음, 이들을 표현해내는 방법, 시인은 시를 쓰고, 화가는 그림을 그리고, 음악가는 곡을 만들고 연주를 한다. 나는 어떤 표현을 하고 살까? 나는 나를 책임지고 있는가? 돌아보게 된다. 나를 표현하고 삶을 표현하고 사랑과 그리움의 깃발을 내걸 수 있을까?

유치환 시인은 당당하게 사랑과 그리움의 깃발을 내걸었다. 그래서 그는 행복할 수 있었나보다.

사랑하는 것은 사랑을 받느니보다 행복하나니라.

그 여자 이야기

「풍금이 있던 자리」(신경숙 지음)을 읽고

이 소설은 여자의 이야기이다. 그 여자의 이야기이며 내 이야기이다. 내가 당신의 마음을 받아들일 수 없는 이유, 당신을 마음속에 꼭 꼭 가두어두고 아닌 척 떠나보내야 하는 심정을 편지 형식으로 풀어내고 있다. 말로도 내 마음을 제대로 전할 수 없고, 글로도 제대로 전해지지 않는 안타까움이 이렇게 긴 편지를 쓰게 만들었다.

말없음표로 툭툭 끊어지는 편지글은 더 이상 지속될 수 없는 당신과 나의 관계를 표현해준다. 말이 중간 중간 토막 나는 것처럼 내 시간도 기억 속 토막들로 이어진다. 초등학교 교실에 있던 풍금 같던 그 여자, 엄마와 다른 그 여자, 고운 손과 고운 매무새와 엄마와 다른 음식으로 기억되는 그 여자, 그 여자가 머물던 20여일의 기억이 내 발목을 잡고, 점촌댁 할머니의 새끼줄 줄넘기, 에어로빅 배우러 와서 주저앉아 울던 중년 여인의 모습들이 당신을 떠나보내야 하는 이유다.

내가 사랑하는 당신의 손에는 항상 결혼반지가 있었고 당신 집에 전화했을 때 나물 같은 이름의 은선이란 딸의 존재가 나를 주춤하게 한다. 무모하게 모험할 수 없는 사랑의 걸림돌은 어쩌면 나의 인생에 지침돌인지도 모른다.

개울에 놓인 징검다리처럼 물에 빠지지 않고 건너가게 해주는 고마운 돌이다. 기껏해야 발만 약간 적실 뿐 나는 무사하다. 지금 나는 가슴이 답답하다. 그 여자는 양치질을 하며 울음을 삼키는데 지금 나는 눈물방울 같은 말없음표를 찍으면서 글을 쓴다.

우리 삶에서 그런 선택의 순간은 늘 있는 법, 어떤 선택을 해도 후회는 남겠지만 그래도 겉으로는 자기를 합리화시킨다. 그때 그러기를 참 잘했어. 가슴속 한 구석에 또아리 틀고 있는 당신에 대한 궁금증이나 어쩌다 풍문에 묻어오는 믿거나 말거나의 소식들에 내가 당신의 삶 어느 순간에 끼어들어있었는데 그냥 그렇게 보내기를 잘했다고 애써 위안을 한다. 조금은 아주 조금은 아쉬울 수 있겠지만 내 선택에 타당성과 합리성을 부여하면서 평생 추억이라는 이름으로 혼자만의 사연으로 끌어안고 산다.

잘했어. 정말 잘했어. 그 여자의 목소리가 들리는 것 같다. 나처럼 살지 마. 아무리 내 사랑이 깊다 한들 모성 앞에 무너질 뿐, 엄마는 그 여자에게 아무 말도 아무 짓도 하지 않았는데 그 여자는 떠났다. 엄마는 그 여자에게서 동생을 받아 안고 팅팅 불은 젖을 먹였을 뿐이다. 푸른 힘줄이 도드라진 젖을 물렸을 뿐이다. 더 이상 무슨 짓이 필요한가? 그네 밑에 아무리 예쁜 병아리색 이불을 깔아주고 빈 젖을 물려보지만 푸른 힘줄이 도드라진 젖을 물려줄 수 없는데.

읽고 또 읽었다. 신경숙의 소설은 막힌 가슴속에 가득 찬 이야기들을 토막토막 아껴 뱉는 한숨같다. 그냥 한 번 읽고 재미있었다고 덮어지는 이야기가 아니라 곱씹으면서 내 생각도 토막토막 아껴 뱉게 만든다. 통속소설보다 더 허무한 이야기일 수 있는데 그 허무한 이야기를 이렇게 힘들게 고백하니 그 앞에서 숙연해진다.

풍금이 있던 자리, 언뜻 보면 전혀 상관없는 제목 같은데 정말 잘 붙인 제목이다. 풍금이 있던 자리, 그 여사가 있던 자리, 또 지금 내가 있는 자리, 결국 내가 연주하는 삶은 피아노처럼 맑은 소리가 아니라 을씨년스런 바람 소리가 아닐까, 그러나 그 소리는 잔잔하고 아름답다. 시골 초등학교 교실에 있던 풍금이 그런 아련한 추억 속 소리인 것처럼.

그녀가 되자
「그녀는 조용히 살고 있다」(이해경 지음)을 읽고

그녀는 정체불명의 여인이다.
그녀 자체가 소설이다.
소설을 쓴 것이라기보다 소설을 살고 있는 여인이다.

　주인공 나는 소설을 쓰려고 하지만 소설 한 줄 쓰지 못하고 그녀와 그의 아내 사이를 탁구공처럼 오가며 전령 역할을 충실히 수행한다. 그러나 그 자체가 소설이 아닐까 싶다. 이 책에는 여러 가지 이야기가 나온다. 주된 줄거리는 그녀의 소설이 어떤 우연이 될 것이고 그 사이 사이에 끼어드는 주인공과 같은 이름의 선배 L의 소설이 있다. 고등학교 교지에 실렸던 소설과 최근 베스트셀러가 된 소설이 있다. 또한 같은 회사에 근무하던 N과 M 커플 사이에 있던 스파이가 있고 또 주인공 본인의 이야기가 엮인다.

여러 가지 이야기가 뒤섞여있지만 결국 나는 소설을 쓰지 못한다는 이야기이다. 심지어 아내도 소설을 썼는데 아내는 나를 믿어주고 물심양면으로 지원해주고 있는데 나는 소설 한 줄 쓰지 못했다.
그러나 우리 삶은 소설이다. 길거리 지나가는 무명의 남녀들 머릿속 가슴 속을 들여다보면 절절한 사연 없는 사람이 누가 있으랴? 절절한 사연이 중요한 것이 아니다. 별거 아닌 이야기가 소설가의 펜을 거치면 엄청난 사연이 된다는 것이 중요하다. 구슬이 서 말이라도 꿰어야 보배가 된다. 작은 구슬을 어떻게 꿰어나가야 보물이 될까? 내 머리 속에 있는 작은 실마리를 어떻게 풀고 어떻게 감아야할까 이것이 문제인 것이다.

소설 쓰기에 대한 소설, 참 별난 소설이다. 그러나 재미있었다. 또 소설을 쓰려고 작정한 지금 우리에게 참 적당한 소설이 아닐까 싶다. 소설 쓰기가 더 어려워졌을까? 아니면 더 쉬워졌을까? 자못 궁금하다. 나는? 대충 줄거리는 잡힌다. 좀 호흡을 길게 잡고 양을 늘려보고 싶은 욕심에 미루고 있던 작업을 다음 주에는 끝내야하지 않을까 싶다. 최소한 4월에는 그럴듯한 소설 한 편 완성해야겠다.

나와 주인공은 좀 다르다. 그나마 몇 페이지 시작해놓았으니 그녀가 열흘 만에 어떤 우연을 완성했듯이 나도 완성할 수 있을 것이다. 소설을 쓰려하는 '나'가 되지 말자. 그녀가 되자. 최소한 그녀의 아내가 되자. 다짐하는 계기가 되기 바란다.

文
이
와
함
께

연작소설 속 인물들
「원미동 시인」(양귀자 지음)을 읽고

원미동 사람들 덕분에 부천의 원미동이 궁금해진다. 골목골목이 궁금하고 그곳에 사는 사람들이 궁금해진다. 정말 슈퍼를 하는 총각 김반장이 있는지, 살짝 돌아버린 몽달이 있는지, 또 7살, 혹은 8, 9살짜리 영악한 소녀, 경옥이가 있는지, 그 소녀가 있다면 지금 삼십대 아줌마가 되어있을 텐데 지금도 또 다른 경옥이 살고 있을 것 같다.

벌써 25년 전 소설인데 지금 읽어도 생생한 인물들이 정겹다. 정말 지금도 대한민국 어느 동네는 이런 분위기의 원미동이 있을 것이다. 경기도 부천 어디쯤은 아니라도 혹 진주 언저리 어디쯤에 있을 것 같다. 지도를 그릴 수도 있을 테고 이야기 속 인물들로 관계도를 그릴 수도 있을 것 같다. 그렇게 이 소설의 묘사는 사실적이다. 그러면서도 맛깔나게 이야기를 끌어나가는 것이 작가의 힘이 아닐까 싶다. 소설 속 경옥이 서부 시장 어느 골목에 살고 있지 않을까 잠시 즐거운 상상을 해본다. 어쩌면 진주의 원미동은 더 구수한 분위기가 나지 않을지?

지난 주말 TV에서 사천초등학교 5학년 여학생이 나와서 사투리로 퀴즈를 내는 것을 보았다. 사투리도 구수하지만 타고난 입담은 출연자들을 능가하는 재치가 있었다. 아마 경옥이가 그 나이쯤 되면 그런 모습으로 자라지 않을까 싶다. 그렇다면 진주의 서부 시장 귀퉁이에도 할일 없는 살짝 맛이 간 시인이 살고 있지 않을까? 아니면 사천 중앙시장 언저리라도....

 그 시인을 만나고 싶다. 그 시인이 갖고 있는 꼬깃꼬깃한 종이를 읽고 싶다. 그 시인의 시를 읽고 싶다. 어쩌면 그는 종이에 시를 쓰지 않는지도 모른다. 살짝 돌아버린 그의 삶 자체가 난해시를 모아놓은 시집일 테니까.

 양귀자의 원미동 사람들을 읽으면서 가좌동 사람들을 그려보고 도서관 사람들을 그려본다. 느낌은 좀 다르겠지만 우리 도서관 사람들 이야기만으로도 원미동 사람들을 능가할 좋은 소설이 나올 것 같다. 좀 더 현대적이고 좀 더 바쁜 사람들 모습으로, 그렇지만 기본적인 성격들은 비슷할 것이다. 김 반장처럼 비겁할 때도 있고 고흥 댁처럼 딸 자랑하는 경우도 있고 경옥의 엄마처럼 똑똑이도 있고 가좌동의 카수도 있을 것이다. 물론 4차원적인 시인도 어느 집에서인가 살고 있을 것이다. 이제 부천의 원미동이 아니라 가좌동의 사람들이 궁금해진다.

 80년대가 몽달 같은 시인을 만들어냈다면 2010년에는 IQ 84의 김길태를 만들어냈을까, 뉴스를 보면서 무엇이 이 사람들을 미치게 하는지 생각해보게 된다. 제 정신을 갖고 살 수 없는 세상, 비뚤어진 가치관이 한 사람을, 한 가정을, 아니 현대 사회를 병들게 한다. 그것이 돌고 돈다. 끔찍한 일이다.
 원미동 시인은 너무 정신이 말짱해서 모자란 척 하지 않았을까? 그것이 삶의 방식이 아니었을까? 그리고 그는 다른 사람들에게 피해를 주지 못하는 오히려 누가 놀리거나 이용해도 군말 없는 알면서도 모른 척하고 바보인 척한다. 아침 뉴스를 보면서 원미동 시인이 그리워진다.

소설 속 인물로 본 현대의 청소년상

「소년을 위로해줘」(은희경 지음)을 읽고

 은희경의 장편소설은 현대를 읽게 한다. 주부들의 생각을 읽게 하더니 이제 고등학생의 눈으로 세상을 말한다. 이 소설에서는 17살 고등학생 강연우가 본 친구들 독고태수, 독고마리, 이채영, 민기훈의 이야기다. 자기 이야기를 하면서 시대를 말하고 있다.

 먼저 강연우를 살펴보자. 강연우는 철없는 이혼녀 신민아씨를 엄마로 두고 있다. 보통의 가정과는 다른 그러나 그다지 부족함을 느끼지 않고 산다. 엄마를 신민아씨라고 부르고 엄마의 술주정을 이해하며 엄마의 애인 조재욱을 형으로 부른다. 보통 사람들이 결손 가정이라고 이야기하고 색안경을 끼고 볼만한 한부모 가정이다.

 한편 연우가 이사 간 집에서 거울에 비친 예쁜 여학생 이채영은 아버지는 은행 지점장이고 엄마는 모범적인 주부이다. 그러나 이채영은 늘 혼자이고 모든 사람들이 자기를 싫어할 거라고 생각한다.

 전학 간 학교에서 처음 만난 친구 독고태수, 유머 넘치고 행동력 있지만 조기유학에 실패한 친구다. 아버지는 대학교수이고 엄마는 빈틈없는 주부이다. 독고태수네 집 식탁은 완벽하지만 실수하면 안 될 것 같은 긴장감이 맴

돈다. 태수의 동생 마리는 어른들을 거스르지 않는 모범생이다. 교지 편집부에서 채영과 마리는 동료이지만 마리는 채영을 그다지 좋아하지 않는다.

여기에 또 중요한 한 사람이 있다. 직접 모습을 드러내지는 않지만 이들의 생각을 그대로 이야기하는 G-그리핀의 음악이 있다. 연우가 쓰고 있는 방을 쓰던 남학생 민기훈, 채영은 기훈에게 엽서를 보냈었고 그 엽서를 연우가 받게 된다. 연우는 기훈의 또 다른 모습이다. 채영은 그래서 연우와 가까워진다. G-그리핀의 음악을 처음 들은 것은 태수 때문이었지만 그 음악은 연우의 마음이었다. 결국 G-그리핀이 민기훈이라는 것을 알게 된다.
거기에 또 한 가지 엄마의 애인인 재욱이형은 음악 칼럼리스트이다. 모 잡지에 '아버지 힙합 좀 들읍시다!'라는 코너에 글을 싣고 있다. 묘하게 연결되는 고리이다. G-그리핀의 음악을 중심으로 이어지는 동심원이다.

이들의 얽히고 설킨 관계는 퍼즐카페의 한 조각(원피스)처럼 조심조심 이어진다. 재욱형과의 마라톤으로 성장하고 운동화를 뺏길 뻔한 상황을 가까스로 피하고 태수는 그들과 맞붙어 결국 죽음에 이른다. 이들의 관계망은 학교 축제 때 절정을 이룬다. 재욱형의 글과 신민아씨의 글이 교지에 실리고 학부모들 강연회에서 신민아씨는 채영의 아버지와 만난다. 채영의 아버지는 나름의 부조리와 고민을 털어놓는다.

이 책에서 갈등은 엉킨 퍼즐 조각이다. 보통 뒤죽박죽 얽힌 상황을 실타래에 비교하는데 퍼즐로 대비시킨 것이 인상적이었다. 엉킨 실을 푸는 것보다 2000조각 퍼즐 맞추는 것이 더 쉬울까? 둘 다 머리에 쥐나는 상황이긴 하지만 나는 그 상황을 즐기는 편이다. 퍼즐 맞추는 것도 좋아하고 엉킨 실 푸는 것도 좋아한다. 엉킨 실을 풀어 그럴듯한 옷을 만들어내는 것도 좋고 2000개의 작은 조각들을 맞추면 멋진 풍경화도 완성된다. 별자리 퍼즐도 환상적이고 우리가 알고 있는 밀레의 만종이나 클림트의 키스도 멋지다.

 지난 주 주영미님의 간단한 감상문을 읽어서 그런지 소년의 마음에 깊숙이 들어갈 수 있었다. 그리고 이 이야기에서 위로받아야 할 사람은 정작 소년이 아니라 소년의 어머니나 채영의 아버지, 혹은 재욱이형이어야 할 것 같다. 우리 소년들은 자라고 있다. 아주 건강하게, 아주 멋진 청년으로. 우리는 소년들을 보며 위로 받고 행복을 찾아가야하지 않을까?

밤이 없는 나라

이상문학상 수상집 「밤이여 나뉘어라」(정미경 지음)를 읽고

이상문학상 수상작품집은 매해 읽을 때마다 가슴을 뿌듯하게 채워주는 느낌이 든다. 몇 해가 지나서 읽고, 또 그 작가가 베스트셀러 작가가 되고 혹은 그 이전에 베스트셀러 작가였고 그런 사실을 떠나서 나는 우리나라 문학의 희망을 단편소설에서 찾는다. 혹 노벨문학상 수상작이 나온다면 단편소설에서 나오지 않을까 생각된다. 어느 나라 문학작품에 뒤지지 않는, 또 해가 갈수록 좋은 소설을 꼭꼭 씹어 읽어본다.

짐을 챙기면서 주섬주섬 넣어온 책들 중 당연히 이상문학상 수상작품집을 세 권이나 챙겨왔고 와서 1달 동안 몇 번씩 곱씹어가며 읽었다. 책을 좋아하지 않는 남편이 몇 번씩 읽고 직접 소설을 써보고 싶다는 생각이 들게 한 책들이다. 이는 물론 텔레비전을 볼 수 없어서 누리게 된 가장 즐거운 축복이었다.

신경숙의 '부석사', 김훈의 '화장', 정미경의 '밤이여 나뉘어라', 이 세 권이 우리 부부에게 준 큰 선물이었다. 그 중에 정미경의 소설이 나를 사로잡았다. 푸른 마을 도서관에 서가에 있던 '발칸의 장미를 내게 주었네.'도 재미있게 읽었었다.(이 소설은 그 전해에 우수상 수상작이었다.)

정미경이라는 작가는 이국적인 소재에 참 관심이 많구나 싶다. '발칸의 장미를 내게 주었네' 같은 경우에는 직접 체험한 외국 이야기보다 인터넷에서 찾은 자료들로 이야기를 꾸려나가는 인물들이 현대인들의 모습을 그대로 보여준다. 반면 '밤이여 나뉘어라'는 주인공이 들른 곳의 백야와 이야기 전개가 잘 어우러지는 재미있는 작품이었다.

백야라는 소재도 매력적이지만 항상 2등일 수밖에 없는 나와 늘 1등인 라이벌 친구, 그리고 그의 부인, 세 사람의 관계설정이 나와 참 닮은 것 같아 낯설지가 않다. 어느 면으로는 1등이 될 수 있을지 모르겠지만 우리는 늘 1등의 엘리트 의식보다는 내게 2% 부족한 어떤 것에 대해 열등감을 느끼고 사는 것 같다.

학창 시절 눈에 두드러져 보이는 것이 성적이고 아니면 예체능을 비롯한 특기일 것이다. 그러나 그것 말고도 우리 삶에 중요한 것이 얼마나 많은데 대부분 성적과 특기에 목을 매고 사는 것 같다. 이것은 엄마가 되어서도 피할 수 없는 함정이다. 말로는 건강하기만 하면 된다고 하면서 조금이라도 남들보다 앞서기 바라고 최소한 뒤처지는 것은 보지 못한다.

있는 그대로 사랑할 수 있을까? 이 숙제만 해결된다면 아이도 부모들도 모두 행복해질 것이다.

이 작품에서 완벽한 천재는 결국 알코올 중독자가 된다. 천재는 세상 살 맛이 안 난다. 모든 일이 너무 쉽고, 너무 쉬워서 시시하다. 그래서 그는 알코올 중독자가 되었을까? 어쩌면 너무 극단적인 설정일지도 모른다. 그러나 이 천재가 행복하다면 애초에 소설이 될 수 없었을 것이고 나중에라도 치료가 되어 정상적인 삶을 산다면 맥 빠지는 소설이 되었을 것이다. 그래서 밤이 나뉘어지지 않는 백야의 이야기가 되었을 것이다.

나의 밤은 어떨까? 한국과 다른 시간대에서 다른 종류의 밤을 맞고 있지만 그래도 밤은 나누어져있다. 아주 정확히 9시면 아이를 재우고 컴퓨터 앞에 앉아 밤을 즐긴다. 어둠을 즐긴다. 머리맡에 다가온 햇발을 억지로 가리면서 맞이하는 밤이 아니라 어둠 속에 나를 채운다. 12시까지 온전한 나의 밤이고 나의 삶이다. 그리고 아주 달콤한 잠을 잔다. 내일 아침을 위해.

나는 결코 천재가 아니다. 주인공이 되어본 적도 별로 없는 것 같다. 물론 속으로는 주인공이 되고 싶기도 했고 주인공이 될 수 없어 절망한 적도 많다. 자신 있고 당당하고 똑 부러지는 사람들을 보면 참으로 부럽다. 부족한 것, 엉성한 것들 투성이다. 그래도 이런 나를 보듬고 살아야하지 않을까?
밤이 나뉘어진 곳에 사는 나의 2%, 아니 더 많이 부족한 것들이 나의 힘이라 생각한다.

文
이
와
함
께

아침, 삶과 죽음의 문
이상문학상 수상작품집 중 「아침의 문」(박민규 지음)을 읽고

새벽은 어둠이다. 어둠 속에 달려오는 빛의 길이다. 아침의 문이다.

여기 죽음을 꿈꾸는 남자가 있다. 삶이 고달파서 죽음의 통로를 찾아드는 사람들 여섯 명이 모였다. 그들 중 두 명은 포기하고 세 명은 죽음으로 가는 길로 접어들었고 죽음의 길목에서 되돌아 나온 한 남자가 있다.

여기 삶을, 너덜너덜한 삶을 구차하게 이어가며 새로운 구차함을 잉태한 한 여자가 있다. 두 사람이 만난다. 우연히, 여자는 편의점에서 아르바이트를 하고 남자는 택배 기사이다. 아주 사소하고 지루한 일상을 힘겹게 이어가는 두 사람의 공통점은 세상에 대한 증오일 것이고 두 사람의 다른 점은 삶에 대한 태도일 것이다. 남자는 삶을 거부하고 여자는 삶을 어떻게든 꾸려나가려한다.

우연을 가장한 운명의 장난인지 남자는 또 한 번의 자살시도에 실패하고 여자는 아이를 낳는다. 남자는 자신의 옥탑방에서 자살을 시도하다 아이 낳는 여자를 목격한다. 아이를 만나면서 아침의 문, 빛의 문을 열게 된다.

감각적인 문체로 옷을 입은 이 소설은 현대인의 가벼움을 무게 있게 다루고 있다. 잇따른 연예인들의 자살 소식은 더 이상 충격이 아니다. 동정의 여지도 없고 메마

른 아나운서의 한 마디 멘트로 끝난다.

그에 따른 비겁함이나 동정은 세인들의 몫이다. 흔한 이유는 오랜 우울증으로 인한 자살로 결론 나고 가족의 비극으로 이어진다. 어제 아침 최진영의 자살 소식을 접하면서 먼저 간 최진실과 남은 아이들, 그리고 그네들의 어머니에 대해 생각해본다. 자신들도 불행한 가정사의 희생양이었으면서 그 불행을 대물림할 수밖에 없는 안타까움이 원망으로 이어진다.

그들은 끝내 아침의 문을 찾지 못했을까? 안개 속에서 아니면 빗속에서 폭풍우 속을 헤매다가 아침의 문, 삶의 문, 희망의 문을 찾지도 못하고 헤매기만하다가 한 생을 마감했을까? 그들에게는 우연을 가장한 어떤 만남이 없었을까? 그들이 믿던 사랑도, 그들이 얻었던 명예도 허무한 신기루로 그렇게 의미없이 사라지고 말았다.

그렇다면 이 소설 속 인물들은 참 다행이다. 돈도 명예도 얻지 못했지만 새벽 어슴프레한 옥상에서 아침의 문을 찾아 새로운 인생의 전기가 될 수 있을테니까. 최소한 그들은 삶에 대해 좀 더 겸손하고 진지하지 않을까? 책을 덮으면서 안도의 숨을 내쉬게 된다.

그래 삶이란 그런 것이다. 어둔 밤이 지나면 아침이 올 것이다. 아침에도 비가 내릴 수 있지만 분명 아침은 온다는 것이다. 목숨은 그렇게 즉흥적으로 내마음대로 거둘 수 있는 것이 아니다. 그런 진부한 내용이 죽음을 꿈꾸는 남자와 미혼모의 출산장면을 겹쳐 감각적이고 현대적인 소설이 되었다. 덕분에 삶에 감사하고 진지한 한주가 되었다.

우리의 글쓰기는 충무김밥 만들기

우리는 태어나서 울음으로 말한다. 엄마는 울음을 읽는다. 웃음을 읽는다. 말과 글을 처음부터 아는 것은 아니지만 우리는 아이와 그렇게 이야기하고 듣고 느낀다. 보고 읽고 느끼고 말하고 듣고 느끼고 그리고 쓴다.

왜 쓰고 싶어질까?

쓴다는 것은 또 다른 말하기이다. 소리 내 말하지 않아도 큰 소리로 떠드는 것보다 훨씬 더 많은 이야기를 할 수 있고 그 이야기를 남길 수 있다. 내가 하고 싶은 이야기를 하듯이 다른 사람들이 한 이야기가 궁금해진다. 그래서 책을 읽을 것이다.

책을 읽으면서 마음을 채우기도 하지만 때로는 주눅이 든다. 나도 그렇게 멋진 글을 쓰고 싶다. 그렇게 좋은 이야기를 하고 싶다. 남기고 싶다. 그런데 내가 하는 이야기는 두서없고 어색하고 멋지지 않다. 멋지기를 포기하자. 멋진 것만 좋은 것일까?

우리의 삶은 파티장이 아니다. 일하고 배우고 다투고 화해하는 보통의 삶이다. 때로 소풍을 가기도 한다. 소풍 갈 때는 화려한 포장보다 솔직하고 담백한 충무김밥을 먹고 싶지 않은가? 담백한 김밥에 매콤한 오징어무침과 무김치면 그만이다. 여기에 진수성찬은 필요 없다.

없는 재료로 진수성찬을 바라지 말자. 아니 재료가 많더라도 진수성찬은 시

부모님 생신 상에나 필요한 것이다. 우리의 밥상은 정갈하고 소박하고 심지어는 거칠기까지 하다. 그것이 바람직하다. 조미료 범벅의 화려한 외식 문화로 우리 아이들이 병들어가듯이 우리의 글쓰기도 병이 들었다. 아는 척 하는 병, 이 병은 어디서부터 손을 써야할지 모르겠다. 잘난 사람들의 병은 그대로 두자. 우리가 어쩔 수 없다. 그러나 우리는 건강해야 한다.

우리의 아이들은 건강해야 한다. 비싼 보약이나 영양제보다 정말 필요한 것이 엄마의 정성 가득한 아침 밥상인 것처럼 우리의 글쓰기도 소박하고 거칠지만 솔직하고 쉽게 써보자. 우리의 글쓰기는 요즘 유행하는 웰빙 글쓰기일 것이다. 웰빙이란 말을 개인적으로 그다지 좋아하지 않지만 그래야 사람들이 잘 알아주니까 그런 말을 스스럼없이 쓰게 된다. 참살이, 참되게 살아보자. 건강하게 살아보자. 그래서 필요한 것이 글쓰기라고 생각한다.

충무김밥같이 단순하게 있는 그대고 써보자. 순서대로 사실대로 써보자. 지금 우리는 고슬고슬 맛있는 밥을 지은 것이다. 그 중 길게 써지는 부분만 떼어내서 다시 살을 붙여보자. 길이가 짧아도 괜찮다. 길면 긴대로 짧으면 짧은 대로 정리해보자. 이쯤 되면 김에 말았다고 보면 된다. 김밥 완성! 이제 내가 쓴 글을 읽어보자. 읽다 보면 쓴 나도 모를 말이 있을 것이다.

말이 되게 써보자. 다음에는 무를 대충 썰어 고춧가루 양념에 무치고 오징어를 손질해서 양념에 버무리는 단계이다. 일단 말이 되게 알기 쉽게 쓴다면 무김치가 완성된 것이다. 오징어 무침도 한쪽에 담았다. 소박하면서도 개성 넘치는 글쓰기! 그런 글쓰기라면 주눅 들지 않고 쓸 자신이 생기지 않을까? 그러다가 어느 순간 시부모님 생신이 아닌 내 생일 날 진수성찬을 차릴 수 있을 것이다. 그런 멋진 글을 쓸 수 있을 것이다. 아니 내가 충무김밥이라 생각했던 글이 모든 사람들이 좋아하는 매콤함인 것처럼 우리도 모르는 가치가 생기고 우리도 모르는 새 많은 사람들이 같이 느끼고 좋아할 것이다.

최소한 우리는 다른 사람들이 모를 말, 잘난 척 하는 말, 이상한 말을 하지 않고 누구나 알 수 있는 그런 글쓰기를 하면 될 것이다. 우리 아이들에게 남편에게 친구에게 이웃에게 상냥한 얼굴로 인사하듯이 그런 글을 쓰기 바란다.

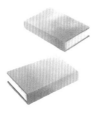

文이와 함께 그림책 만들기

작가가 되고 싶었다. 시인의 꿈을 갖고 살아왔다. 철없던 시절 노벨 문학상도 가슴에 품었다. 참 야무진 꿈이란 걸 깨닫는 데는 오래 걸리지 않았다. 아무도 나를 알아주지 않았고 그래서 좌절했다. 그렇게 꿈은 꼬깃꼬깃 구겨진 채로 마음 어느 구석에 숨어버렸다. 중얼 중얼 혼잣말을 주저리 주저리 써온 세월이 30년, 아니 40년이다. 비겁하고 소심하게 나는 내 안으로 숨어들었다. 시 공부하러 가서도 칭찬보다 비평 한 마디에 상처 받고 아파했다.

이해할 수 없는 부분은 그럼에도 불구하고 계속 무언가를 써온 것이다. 글을 쓴다는 것은 숨을 쉰다는 것이고 내가 살아있다는 몸짓이었다.

서툰 몸짓을 하던 중에 도서관을 만났다. 아니 사람들을 만났다. 나와 다른 사람들, 행동하는 사람들, 서로 부대끼고 어울리면서 많은 일을 해내는 사람들을 만났다.

새로운 꿈을 만났다. 나와 참 다르지만 꿈을 가진 엄마들, 이들은 혼자 글을 쓰던 내게 함께 하는 마당을 만들어주었다. 글쓰기 모임이 있으면 함께 하겠다는 말 한 마디에 모임을 만들어 운영하라고 등을 떠미는 사람들, 그 덕분에 모임 회장이 되는 어이없는 상황이 벌어졌다. 얼떨결에 글쓰기 모임이 만들어진 게 2008년 봄이었다. 7명의 회원이 모이고 글공부가 시작되었다. **女이와 함께!** 글과 함께 하는 모임이 탄생한 것이다. 편지글, 일기, 기행문, 수필 등 편한 글을 읽고 바꿔 쓰기부터 했다. 거기서 만족할수 없었다. 우리가 쓴 글을 정리해서 문집을 만들었다. 우리끼리 기념할수 있는 소박한 문집이었다. 그렇게 다시 나의 꿈이 이어졌다.

본격적인 글공부는 시와 소설로 이어지고 새로운 회원들이 몰려와서 모임이 두 갈래가 되었다. 기초 글쓰기 공부하는 갈래와 소설 쓰는 갈래로나누어졌다. 그런데 나는 어느 쪽도 집중할 수 없었다. 다시 회원 수가 줄어 7명이 되었고 도서관 소식지를 기획하게 되었다. 작은도서관의 활동내용을 신문 형태로 만든 것이다. 소모임 활동, 역사기행, 봉사자들 이야기 등, 그렇게 소식지를 만들고 도서관도 조직망이 갖추어졌다.

문이랑 책이랑 글이랑

나는 문화행사를 기획하는 문화부를 맡아 재미있게 활동했는데 6개월 정도 시나 뜬금없이 도서관 관장이 되었다. 도서관 이용만 할 줄 알았지 도서관 운영하는 것은 남의 일로 알았었다. 내가 할 수 있는 것은 도서관에서 오랜 시간 사람들과 이야기 나누고 생각하고 행동하는 것이었다. 그들의 재능을 찾아내고 활동 무대를 만들고 도움을 청했다. 그렇게 하나하나배우게 되고 재미를 붙였다. 하고 싶은 일들이 생겼다. 주민들과 가족단위로 하고 싶은 일, 봉사자들과 하고 싶은 일도 있지만 가장 공들인 것은 소모임 활동이다.

엄마들이 꿈을 꿀 수 있고 자기도 모르는 자기의 능력을 찾을 수 있는 곳이 소모임 활동이라는 것을 눈으로 확인하게 되었다. 누구나 도서관에 자주 오게 만드는 것은 사람이었다. 종이책보다 사람책에 매력을 느꼈다. 나도 그랬듯이 대부분의 이용자들이 그렇다. 아이들도 그렇지만 특히 엄마들이 그렇다.

文이와 함께가 만들었던 소식지를 정기간행물로 만들고 싶었다. 매월 정기적으로 하는 활동들을 모으면 될 것 같았다. 소식지 꼭지를 만들고 컴퓨터 전공한 분이 틀을 만들고 같이 편집해서 칼라복사를 했다. 지금도 소식지가 매월 나온다. 소식지도 자리 잡고 **文이와 함께** 모임이 5년 정도 지속될 때 다른 꿈을 꾸게 되었다.

 책 읽어주는 활동을 하다 보니 그림책의 매력에 빠져들었다. 내가 꿈꾸던 시의 세계에 그림이 다가왔다. 내가 만든 그림책을 내 아이에게 읽어주고 싶은 야무진 꿈을 꾸었다. 회원들은 언제나 내 의견에 동조해주고 신나게 움직였다. 나는 말만 꺼내면 구체적인 계획이 나오고 아이디어들이 넘쳤다. 그렇게 첫 번째 그림책 「가락지」를 만들기로 했다.

 덜컥 그림책을 만들기로 해놓고 겁이 났다. 30년 이상을 혼자 끙끙대면서 시집 한 권 제대로 엮어내지 못할 정도로 소심했던 내가 나 말고 6명을 꼬드겨서 작가를 꿈꾸게 했으니 어떻게 감당을 해야 할지 몰랐다. 꼭 그 이유는 아니었지만 다시 대학공부를 했다. 애초에는 시인의 길을 위해 문예창작과에 편입했는데 동화 과목을 듣게 되고 교수님을 도서관으로 모셔서 강의를 들었다. 조촐한 자리였지만 큰 힘이 되었다.

 책을 만든다는 것은 글쓰기와는 또 다른 영역이었다. 주제 정하고 글 쓰고 그림 그리고 출판사 찾고 결정해야 할 일들이 정말 많았다. 재미삼아 몇 권 만들어 나누려던 일이 커졌다. 마침 시청 평생학습과에서 프로그램 운영비를 지원해주었다. 우리가 쓴 글에 엄마, 아빠가 다음기획이라는 작은 출판사를 하던 봉사자의 딸인 진주가 그림을 그리게 되었다. 다음기획쪽과 의견을 나누면서 간을 키웠다. 100만원이면 책을 얼마나 만들 수 있는지, 전혀 감이 없었다. 소프트커버로 50부 인쇄하려다가 하드커버로 50

부 견적을 내고 100부 견적을 냈는데 130만원 정도가 나왔다. 회원들 회비를 보태서 100부를 만들었다. 그렇게 만든 책이 논개 이야기, 「가락지」였다.

이 때만 해도 우리가 무슨 짓을 한 것인지 몰랐다. 사람들이 그렇게 큰 관심을 가지게 될 줄 몰랐다. 겁 없이 첫 번째 그림책이라고 말했고 이는 두 번째, 세 번째를 염두에 둔 것이었다. 주변 사람들이 세상에 알리라고 부추겼다. 기자 출신인 도서관 이용자분이 연결을 시켜주었고 방송사에서 인터뷰하러 왔다. 처음에는 참 신기했다.

좋기도 했다. 3, 4일 들떠 있다가 겁이 났다. 우리는 연예인이 아닌데 공중에 붕 떠서 어리둥절했다. 다시 마음을 잡고 우리의 약속을 지키기로 했다. 두 번째 그림책 만들기 계획을 세웠다. 그런데 첫 번째 그림책 수요가 늘어나면서 개정판을 만들었고 겁 없이 1000부를 만들었다. 출판비는 나누어서 갚기로 하고, 그렇게 만든 책을 판매하는데 온갖 에너지를 다 쓰게 되었다. 학교, 유치원, 공공도서관을 찾아다녔다. 지인들에게 강매도 했다. 겨우 출판비를 해결하는데 1년이 넘게 걸린 것 같다.

두 번째 그림책은 자금을 먼저 확보하려고 애써보았지만 여의치 않았다. 그리고 그림책 방향을 잡는 것도 어려웠다. 잘 만들어야 한다는 부담도 컸고 회원들도 지쳐갔다. 재미도 없어지고 감당하기 힘든 짐이 되었다. 거기다 나는 진주시 작은도서관 협의회 일을 하게 되면서 책 만드는 일에 신경 쓰기 힘들었다. 큰 행사를 치르고 나서 다시 원고를 잡고 씨름했다. 내가 정신 못 차릴 때 다른 회원분들이 원고를 챙기고 그림을 챙겼다.

편집을 고민할 때 편집의 달인이 우리 회원이 되었다. 출판사에서 디자인과 편집을 10년 이상 해왔던 분이 우리 모임에 함께 해주었다. 그렇게 두 번째 그림책 「위대한 스승, 남명 조식」을 만들었다. 이번에는 무리하지 않기로 했다. 출판비는 역시 시청 평생학습과 지원금으로 100권을 만들고 출판기념회를 했다. 출판기념회 날 책이 절판되고 추가주문이 들어왔다.
 추가분을 만들 때 욕심을 부려봤다. 눈에 설은 부분, 마음에 안 차는 부분을 다시 손봐서 더 잘 만들고 싶었다. 그런데 마음은 급하고 약속은 지켜야겠고 판로도 미리 확보해서 부수도 정해야했다. 두 달 가까이 걸려 추가분을 인쇄했다. 이번에는 출판비를 감당할 정도로 500부를 인쇄했다.

 우리가 「가락지」를 만들고 나서 다른 도서관에서도 그림책을 기획하고 있다는 소식을 들었다. 반가웠다. 그런데 마하도서관은 전문 작가를 모시고 철저히 준비를 해서 너무 예쁜 책을 만들어냈다. 출판 규모도 다르고 판매망도 훨씬 체계적이었다. 부럽지만 우리 **文이와 함께**가 그런 문화를 만드는 데 작은 씨앗이 된 것 같아서 뿌듯하다. 또 다른 도서관에서도 그림책을 기획해서 만들고 있다. 올 연말이면 출판 소식이 들릴 것 같다. 그 책도 기대된다.

 이제 나는 또 다른 꿈을 꾼다. 우리 회원들 각각 책을 만들어 개개인이 작가가 되는 날, 그 날이 올 것이라고 믿는다. 그림 잘 그리는 사람, 사진 잘 찍는 사람, 글 잘 쓰는 사람, 만들기 잘 하는 사람, 시민단체에서 활동하는 사람, 이렇게 다양한 면면이 있기에 이들을 믿는다. 우리가 함께 해서 가능했던 일이 각자의 분야를 정리해서 나누는 힘이 될 것이다.

文(글쓰기)으로 門을 열어 冊으로

文이와 함께!

 문희가 아니다. 사람들은 문희로 오해한다. 그냥 글을 쓰고 싶은 사람들 모임이다. 푸른마을 도서관 글쓰기 모임, **文이와 함께**는 2008년 3월에 7명의 회원이 모여 편지글, 일기, 기행문, 수필을 읽고 쓰기 시작했다. 2009년 단편소설을 공부하고, 2010년에 단편소설 쓰는 흉내도 내보고 2011년은 시도 공부했다. 2012년에 각자 쓴 시, 소설을 정리했다. 어설픈 글들만 모으다가 아이 키우는 엄마들이 해야 할 일을 찾게 되었다.

그림책!

 우리는 그림책 전문가들이다. 매일 그림책 속에 파묻혀 살고 아이들에게 읽어준다. 그러니 직접 만들고 싶지 않겠는가? 우리 여섯 명(김수경, 김정이, 박현주, 박혜정, 이문희, 주영미)은 의기투합해서 진주 지역의 대표적 인물인 논개 이야기를 그림책으로 만들기로 했다. 간단한 제본 형태로 계획했다가 점점 규모가 커졌다. 100부를 만들었다.

「가락지」 책 나오던 날

그림책을 만들려니 글쓰기 공부보다 그림공부가 급했다. 그림을 읽었다. 역사공부도 해야 했다. 다행히 그림 잘 그리는 진주가 있어서 한 시름 놓았다. 만들어놓고 보니 역시 어설프다. **文이와 함께**는 어설픈 「가락지」의 개정판을 내고, 첫 번째 그림책에 이은 두 번째 그림책을 위해 남명 조식 선생에 대한 공부를 하고 있다.

이 글은 푸른마을도서관 첫 번째 그림책 「가락지」 개정판 후기에 실었던 글이다. 文(글쓰기)으로 門을 열어 그림책으로 이어진 첫 결과물이다. 이 때만 해도 우리가 한 일은 고급 취미 생활이었다. 즐거움이었다. 신기한 세상을 경험했고 이름도 알렸다. 그런데 무슨 일에든 책임이 따르고 그 책임은 어마어마한 것이었다.

겁 없이 1000부의 그림책을 추가로 만들고 나서 출판비 부담에 판매, 유통까지 호된 수업료를 지불하고 다시 우리가 약속한 두 번째 책 작업 기획이 동시에 이루어졌다. 처음의 어려움은 즐겁게 감수했지만 두 번째 작업은 부담이었다. 잘 만들어야겠다는 막연한 생각과 활자화 된 내용에 대한 책임감도 만만치 않은 일이었다. 이 책을 왜 만들어야하는지, 어떤 문체로, 어떤 그림으로, 어떤 면에 중점을 두어야하는지... 이런 고민이 점점 깊어지면서 취미를 넘어선 숙제가 되고 사명이 되고 숙명이 되었다.

공부를 해야 했다. '남명'이란 말만 들으면 강의를 찾아다니고 책을 사 날랐다. 경상대학교에 남명연구원이 있다는 점 때문에 쉽게 뭔가 만들어질 거라고 생각했는데 공부를 하면 할수록 미궁에 빠져들었다.

인물에 대한 깊이와 무게가 크게 느껴졌고 그 내용을 어린이들 눈높이에 맞추려니 방향 잡기가 여간 어려운 것이 아니었다. 올곧은 선비 정신을 어린이들에게 어떻게 설명할 것이며 과연 공감대를 끌어낼 수 있을지 의문이었다. 2014년 3월부터 준비하고 글을 써나가다가 벽에 부딪쳤다.

2014년에 진주여성회와 연암도서관에서 남명 선생에 대한 강의가 있었다. 회원 몇몇은 연암도서관에서 마련된 강의를 듣고 몇몇은 진주여성회로 달려갔다.

진주여성회에서 강의를 듣고 남명 선생의 흔적을 찾아 산천재 답사를 갔다. 거기서 경상대학교 전병철 교수님께 도움을 청했다. 뿐만 아니라 경상대학교 고문헌도서관에서 관련 서적 10권을 빌려 몇 달을 끌어안고 고민하기도 했다.

특히 전병철 교수님은 2015년 2월에 4회에 걸쳐 우리 회원들에게 특강을 해주셨다. 그림책의 방향을 잡는데 나침반이 되었다.

거의 1년 가까이 우리가 쓰고 계획하던

「가락지」 책을 보며

문이랑 책이랑 글이랑

것들을 포기하고 새로운 관점으로 처음부터 다시 시작했다. 재미있는 만화 형태로 하려던 것을 그림책 형태로 전환하면서 글 작업부터 다시 시작했다. 3월부터 다시 글을 쓰고 그림을 그리고 출판비를 고민하게 되었다. 「가락지」를 만들 때처럼 진주시 독서프로그램 지원금을 받아 100부를 출판했다. 이때는 이미 2015년의 끝자락이었다.

「위대한 스승, 남명 조식」조촐한 성과물이었다. 도움 주신 분들에게 인사차 들른 자리에서 과분한 칭찬을 받았고 다시 언론의 주목을 받았다. 「가락지」는 우리 회원들끼리 점심 먹는 것으로 출판기념회를 했었는데 두 번째 책이라고 푸른마을도서관에서 출판기념회도 하고 지인들도 초대했다.

2016년 1월 27일 오전 10시! 그 자리에서 100부의 책이 절판되고 추가 주문이 들어왔다. 다시 또 고민이 시작되었다. 주문 받은 책에 대한 약속을 지키기 위해 출판비를 마련해야 했다.

몇 부를 더 출판해야할지 이왕이면 우리 눈에 부족한 부분을 더 손보고 싶은 욕심도 앞섰다. 다행히 500부 출판비에 해당하는 양의 책 주문이 들어왔다. 이렇게 결정되기 까지 한 달 이상이 걸렸다. 3월 둘째 주에 500부의 책이 나왔다. 많은 분들이 관심을 가져주셨다.

 시립도서관, 진양도서관 및 경남도청 작은도서관 담당 선생님, 몇 몇 초등학교 교장 선생님, 어린이집 원장 선생님 등. 무엇보다 기쁜 일을 마하 어린이도서관에서도 그림책을 만들었다는 점이다.

 그림책 연구회 도란, 이 모임에서 유등에 대한 그림책「유등, 진주에 흐르는 빛」을 출판했고 금빛마을 도서관에서는 금호지에 대한 이야기를 그림책으로 만들어 출판을 앞두고 있다. 진양도서관 관장님은 사람들 앞에서 우리 모임 문이와 함께와 마하도서관 그림책 연구회 도란, 두 모임에서 책 만든 이야기를 해보라고 했다. 그리고 우리 두 모임을 진주시내 초등학교에 소개해주었다. 진주시내 초등학교에서 신청을 받아 우리 책으로 책놀이를 할 수 있도록 자리를 마련해 어린이들과「가락지」와「위대한 스승, 남명 조식」에 대한 이야기로 같이 놀 수 있었다.

빛그림을 보여주며 책을 읽어수고 가락지 만들기 활농을 하거나 남녕 선생의 어린 시절을 상기시키는 물그릇 옮기기, 성성자 차고 걸어보기, 상소문 쓰기 등을 진행하게 되었다. 신선한 경험이었다. 언론에 알려지는 것보다 우리가 만든 책의 주인을 찾아주는 느낌이 좋았다.

그냥 고리타분하게 책만 던져주면 어른들에게는 의미가 있지만 어린이들에게는 또 다른 학습의 연장선일 뿐이었을 텐데, 책을 읽어주고 무언가 만들고 이야기 나누면서 우리가 배운 점이 더 많았다. 과연 우리 책을 아이들이 어떻게 받아들일지 솔직히 자신이 없었다. 처음에는 그냥 어디선가 또 다른 공부를 가르쳐주는 사람이라고 생각하고 흥미를 보이지 않던 친구들이 책을 읽어주기 시작하면 이야기에 집중하고 재미있어 했다. 어려울 텐데...

이런 생각은 어른들의 고정관념이었다. 초등학교 1학년 아이들도 논개를 알고 진주성, 임진왜란을 알고 있었고 제목부터 어려울 것 같은 「위대한 스승, 남명 조식」이야기도 잘 들어주었다.

도서관 소모임, 文이와 함께! 올해로 9년째다. 강산이 바뀌는 시점이다. 그 사이에 모임의 면면이 많이도 바뀌었다. 지금 회원 6명 중에 처음부터 같이 활동하던 회원은 3명, 이분들은 조용히 변함없이 힘이 되는 분들이다.

많은 분들이 직장을 갖거나 이사를 가면서 모임에 참여하기 힘들어지기도 했다. 文의 문고리를 같이 잡았던 분들부터 文의 門을 열고 책을 만들었던 분들, 첫 장을 함께 했던 분들 중에서도 부산으로 이사 가신 분도 있고 그 자리를 채워준 분들도 있다. 그저 고맙다.

文이는 나의 오랜 벗이고 생명선이다. 글을 쓰지 못하면 불안하고 삶의 의미가 없다고 느꼈던 때가 있었다. 문인으로의 진입에 실패하고 혼자 쓰다가 절망하기도 하고 포기하기도 했다. 그 때 만든 모임이 **文이와 함께** 바로 이 모임이다. 가볍게 편지글 읽고, 수필 읽고, 기행문 읽고, 일기글 읽고 이 글들을 바꿔써보는 것부터 시작했다.

우리가 쓴 글을 소박한 문집으로 정리해보기도 하고 시집, 단편소설집으로 엮어보기도 했다. 푸른마을도서관 소식지를 기획하기 위해 신문 기사문, 광고, 논설 등을 공부하고 소식지를 만들어보기도 했다. 하고 싶었던 일들을 그렇게 하나하나 해나가다가 우리가 아이들과 오랜 시간 보내는 도서관을 둘러보았다. 엄마들은 아이들에게 잠자리에서 책 읽어주는 것이 생활이고 도서관에 오는 꼬마 친구들에게 책을 읽어주고 유치원, 초등학교, 다문화 가정에 책 읽어주기 활동을 해왔다.

그림책과 함께 지내는 것이 생활이었다. 가장 많이 접하는 그림책, 우리가 그림책을 만들기로 한 것은 숙명이 아니었을까?

진주의 대표적 인물인 논개와 남명 선생에 대한 책 만들기는 꼭 해보고 싶었던 일이고 결국 출판으로 이어졌다. 두 권 다 처음으로 접한 자료는 "진주문화를 찾아서" 시리즈의 I, II권이었다. 이는 대상이 성인이냐 어린이냐의 차이이고 알리고 싶은 인물에 대한 관점이 같았던 것 같다. 비교적 얇은 책이시만 가장 이해하기 쉽게 정리가 잘 되어 있었다.

논개 이야기는 "진주문화를 찾아서 I. 논개(김수업, 지식산업사)"에 바탕을 두고 고민하다가 구비문학대계에 실린 음성파일로 가닥을 잡았다. 거기에 진주라는 아이가 할아버지 제사 모시러 가면서 논개제를 보고 할머니에게 이야기를 듣는 형태로 정리했다. 진주 토박이말을 그대로 살렸고 할머니의 입말로 정리했다. 또한 빛그림으로 제작해 진주시내 초등학교와 어린이집, 시립도서관 및 작은도서관에서 선을 보였다. 할머니와 진주로 역할을 나누어서 실감나게 전달하려 애썼다.

두 번째 책인 남명 선생 이야기도 "진주문화를 찾아서 II. 남명 조식(허권수, 지식산업사)"을 꼼꼼하게 읽는 것으로 시작했다. 만화 형태로 틀을 잡았고 글 작업을 했지만 전혀 진전이 없었다. 경상대학교 고문헌도서관으로 달려가서 이정희 선생님의 도움으로 동화책을 비롯한 남명 선생에 대한 책들을 빌려왔다. 매 주 그 책들을 같이 읽고 공부를 했지만 정리가 안되었다. 마침 연암도서관과 진주여성회에서 강의가 있었고 그 때 오셨던 전병철 교수님께 도움을 청해 한달 동안 강의를 들었다.

책의 주제나 흐름을 잡는 것에 대해 많은 생각을 하는 계기가 되었다. 아이들에게 전달해야할 내용이 무엇인지, 어떤 방법으로 전달할 것인지 고민을 하다가 어린 시절 이야기부터 여섯 꼭지로 정리했다.

어린 시절 이야기인 '물그릇과 방울', 학문을 대하는 자세에 대한 '시험공부가 진짜 공부?', 벼슬을 거부하고 오히려 직언을 한 '단성소', 임진왜란 때 의병 활동한 여러 제자들 이야기와 제자들 개개인의 성향에 맞춘 교육의 일화인 '소를 타고 가거라', 약속을 중시 여겨 폭풍 속에 벗을 만나러 갔던 '폭풍 속의 두 노인', 마지막으로 남명 선생의 시를 부각시킨 '새가 되어 천석종을 울려라' 이런 순서로 정해 글을 쓰고 그림을 그렸다.

글을 쓸수록 조심스럽고 경건해지는 느낌이었다. 이런 글을 쓰면서 우리 현대인들의 삶을 돌아보기도 했다. 이 책을 알리는 것이 중요하겠지만 책보다 우리 모임이 너무 요란하게 과대포장 되는 것은 아닌지 조심스럽다.

이제 또 다른 계획을 잡아본다. 도서관 소모임으로의 **文이와 함께**, 우리의 역할에 대해서.

푸른마을도서관이라는 둥지, 참으로 소중한 공간에서 10년 동안 웃고, 또 웃을 수 있었다. 힘들다고 말하면서도 나는 웃을 수 있었다. 그 중 9년을 文이와 함께 했다. 文(글쓰기)로 門을 열어 책으로 들어가 이리 저리 노닐다가 책이라는 집도 지어보았다. 그 책으로 놀아도 보았다. 이제 무엇을 할까? 지금 우리 회원들은 사는 동네가 다 각각이다. 나 또한 다른 동네로 이사 온 지 1년이 되어간다. 아파트 도서관의 특성 상 이사 이후에는 도서관 활동이 만만치 않다. 새 동네에서의 역할도 있다. 새 동네에서 작은도서관을 만들고 있다. 제 2의 **文이와 함께**가 만들어질까?

　이들과 文(글쓰기)으로 門을 열어 어떤 재미있는 일을 할 수 있을까? 지금 현재 회원들은? 내 바람은 각자의 이야기를 책으로 만들어보는 것이다. 시민단체활동을 하는 회원, 그림책 공부를 하는 회원, 책 만들기 강사, 캘리그래피로 제목을 써준 회원, 다양한 단체에서 봉사활동을 하는 회원, 그리고 작은도서관의 매력에서 헤어나지 못하고 다시 도서관을 만들고 있는 내 모습까지. 내 이야기를 써보기로 한다.

　우리는 모두 작가다. 文(글쓰기)의 門을 열고 책이라는 집을 짓고 책 안에서 놀다가 책으로 놀아본 사람들, 이들은 약속을 잘 지키고 정의를 이야기하고 사랑과 배려를 하며 살아갈 것이다. 우리가 만든 집 두 채를 바탕으로.

동그리미 ②

- 도토리 사용설명서
- 아저씨 변천사
- 알사탕
- 봉주르 뚜르
- 푸른마을의 이상한 엄마들
- 달샤베트
- 감기 걸린 물고기
- 불량가족 레시피
- 기억
- 여우가 책을 먹는다고?

동그리미

올리움 작은도서관 독서모임

작년 봄, 올리움 관장님 전화를 받아 도우미로 나섰다가

사람들이 좋아서 매주 달려간다.

동화책과 그림책을 읽고 글 쓰고 이야기 나눈다.

동화책과 그림책을 줄여 동그리미라고 이름을 붙였다.

도토리 사용설명서
「도토리 사용설명서」(공진하 글, 김유대 그림)를 읽고

　동화라고 가볍기만 한 글은 아니다. 때로는 불편한 주제, 무거운 이야기들도 많이 있다. 우리 어린이들이 마냥 즐겁고 해맑게 생활하는 것은 아니다. 집에서 모두 왕자님, 공주님도 아니고 집에서 그럴지라도 학교나 길거리에서 여러 어려움이 있다. 동화에서도 심각할 수 있는 주제, 사회 문제까지도 읽을 수 있다. 그런데 어린이들이 읽는 글이기에 이런 무거움까지도 통통 공놀이 하듯이, 보드 게임하듯이 다루고 있다.

　도토리 사용설명서 표지의 익살스런 캐릭터 때문에 어떤 내용인지 궁금했고 동화다운 웃기는 이야기로 예상했다. 그런데 앞부분을 읽으면서 장애아 이야기인 걸 알고 당황하게 된다. 뉴스에 나오는 이야기들이나 영화를 보면 섬뜩할 정도로 무겁다. 아니 무섭다.

　나와 상관없는 일이라고 외면하고 피하고 싶다. 그런데 이 책은 밝다. 언어장애에 혼자 기본적인 생활을 할 수 없고 누군가 휠체어를 밀어줘야 하고 대소변도 도와줘야 하는 아이가 이렇게 밝고 긍정적일 수 있을까? 그 주변은 얼마나 환한가? 헌신적인 엄마와 학교 선생님들, 그러나 과연 현실은?

　너무 밝아서 불편해진다. 처음에는 밝아서 좋았는데... 이런 곳이 과연 있을까? 이런 곳이라면, 이런 엄마라면 장애어린이들 모두 도토리가 될 수 있을 것이다. 눈에 띄는 장애가 없더라도 나부터도 이런 사용설명서가 있다면 좋

겠다. 그리고 한 가지 덧붙이자면 도토리는 엄마의 역할만 있는 것 같다. 그렇다고 부부사이가 딱히 나쁜 것도 아닌데 아빠 이야기는 없다.

오로지 엄마만 있다. 물론 엄마가 도토리만 신경 써서 다른 가족들이 피해본다고 느낄 수도 있다. 오히려 아빠와 사이가 안 좋아서 헤어졌다면 현실적일 것이다. 아니면 아빠도 도토리 돌보는 것을 거들어준다면 새로운 모델케이스가 되지 않을까 싶다. 그래도 이 책은 장애에 대한 새로운 시각을 갖게 해준 것임에는 틀림없다.

이런 엄마, 이런 학교, 이런 아이가 많아지기를 바란다.

아저씨 변천사
「아저씨 진짜 변호사 맞아요?」 (천효정 글, 신지수 그림)를 읽고

사법 연수원의 수재였던 빙빙 변호사는 현실감이 떨어지는 오만불손, 재수 없는 아저씨일 뿐이었다. 급기야는 변두리 허름한 동네에 변호사 사무실을 차린다. 아무리 잘난 척해도 찌질한 아저씨일 뿐이다. 누가 보든 별 볼일 없는. 그러나 그는 여기서 인생역전을 하게 된다. 닮은꼴 꼬맹이 하록을 만나면서.

결정적으로 빙빙 변호사를 변화시킨 것은 록이지만 마음을 움직인 것은 음식이었다. 자기합리화에 급급하던 빙빙, 다른 사람들을 무시하던 빙빙 변호사가 어이없게도 할머니의 소박한 밥상에서 마음의 벽을 조금씩 허물게 된다. 록과 유치할 정도로 신경전을 하다가 또 한 번 맞이하는 반전도 역시 음식이었다. 이번에는 길거리 음식, 소위 말하는 잉어빵이다.

길거리 음식 자체를 거부하던 빙변이 잉어빵에 중독되어 매일 사먹게 된다. 서민 삶의 대변자인 잉어빵 아줌마가 악덕사채업자에게 괴롭힘을 당하는 모습을 보고 마음 깊숙한 곳에 잠재되어 있던 쥐꼬리만큼의 정의감이 튀어나온다.

그것이 시작이었다. 자신의 법률 지식으로 누군가를 도울 수 있다는 것을 깨달은 것이다. 그리고 두 번째 전환기는 록의 학교에서 당하는 부당

함에 대한 행동이다. 초등학교, 그 안에도 불평등이 있고 불합리한 상황이 있다. 아이들끼리는 나름 다투면서 화해하면서 사회를 알아갈 수도 있으련만 부모의 개입은 사태를 악화시킨다. 돈 많고 힘 있는 부모들은 힘없는 부모를 둔 아이들을 협박한다. 이 대목에서 빙변이 또 정의의 사도가 된다. 언론에 알려지고 유명해지자 이제 혹독한 유명세를 치르게 된다.

빙빙 변호사는 변두리 허름한 동네, 이 시대 비주류들의 삶을 알아가면서 성숙한 어른이 되어간다. 빙빙 돌아서 어릴 적의 정의감을 찾아간다.

이 책은 창원아동문학상을 받은 작품이다. 몇 년 전 보았던 「변호사」라는 영화를 자연스럽게 떠올리게 한 책이다. 지금 이 시대, 촛불이 밝힌 대한민국의 새 역사 중심에 서 있는 문재인 대통령과 노무현 대통령을 떠올리게 하는 책이다.

영웅으로 태어나는 사람은 없다. 영웅은 시대가 만든다. 가슴 속에 숨어있는 따뜻한 인간애를 끌어내기만 하면 당신도 이 시대의 영웅이 될 것이다. 록의 할머니가 끓여주는 된장국과 길거리 음식을 팔아 생계를 유지하는 잉어빵 아줌마의 덤 한 개가 사채업자를 물리치게 하고 초등학교에서 이루어지던 학부모의 폭력으로부터 한 아이를 지켜내게 한 것이다.

알사탕

「알사탕」(백희나 지음)을 읽고

달콤한 사탕 한 알, 알록달록 유리구슬에
어린 나, 어린 오빠의 시간, 지금 내 아이의 잔잔한 하루 담은
작은 우주 이야기 비쳐요

놀고 싶어요
친구랑 놀고 싶어요
알사탕 나눠먹고
구슬치기도 같이 하고 싶다구요

옆에 아무도 없어요
혼자서도 괜찮아요
신기한 구슬 들여다봅니다, 사탕이래요

목소리가 들려요
동동이를 불러요

소파도 강아지도 말하고 싶었대요
아빠도 엄마도 말하고 싶었대요
듣기 싫어했던 잔소리에는

동그리미

이런 말이 숨어있어요
사랑해, 사랑해, 사랑해, 사랑해......

무이랑 책이랑 글이랑

내 소중한 아이에게 아끼던 잔소리를 퍼붓는다.
핸드폰그만해라게임그만해라숙제할시간이다피아노갔다왔니
태권도가야지빨리일어나서학교...
사랑해, 사랑해, 사랑해, 사랑해, 사랑해...
이렇게 알아듣기 바라면서.

봉주르 뚜르

「봉주르 뚜르」(한윤섭 지음)를 읽고

봉주르 뚜르, 봉주르 토시, 봉주르 봉주!

이렇게 인사를 해본다. 뚜르라는 프랑스 소도시는 안녕할 것이다.

봉주 또한 시간이 걸리겠지만 안녕할 것이다.

토시는? 글쎄, 안녕하기 바란다.

이 책은 여러 가지로 새로운 느낌이다. 이런 상황은 얼마든지 있을 수 있을 것이다. 이런 상황을 보는 눈이 새로운 것이다. 새로운 눈으로 찾아내서 이야기로 엮어내는 작가들이 존경스럽다.

남북문제는 뫼비우스의 띠처럼 꼬여있다. 미국, 중국, 러시아, 일본 사이에 끼인 대한민국은 1950년 한국전쟁 이래로 어렵다. 군사정권의 방패막이 되었고 국민을 협박하는 수단이 되었다. 인도적인 차원으로 이야기하던 시절도 있었다. 경제 논리로 접근해보기도 했었다.

다시 얼어붙은 남북관계! 인도적인 차원으로 식량지원을 해주고 공단을 만든 것이 북한 핵무기를 개발하게 했다고 공격하기도 한다. 이런 논란이 2017년의 일이다.

작가가 이 책을 쓴 것은 2010년의 일이다.

초등학생 아이가 보는 남북관계, 그것도 이국에서 맞닥뜨린 북한 아이는 빨간 색의 뿔 달린 괴물은 아니었지만 일본인으로 행동하는 이상한 아이였다.

'사랑하는 나의 조국, 사랑하는 나의 가족, 살아야 한다.'

책상에 새겨진 한글에서 시작된 추리는 토시가 북한아이이고 토시의 정체가 밝혀지자 그 마을에서 살 수 없고 떠나야 했다. 그것이 남북관계의 실체인 것이다.

아이들끼리는 얼마든지 오해도 풀 수 있고 친구가 될 수 있었다. 얼어붙었던 토시도 마음을 열었다. 그런데 어른들의 감시로 친구가 될 수 없는 것이다. 토시는 일본인이어야 뚜르에 살 수 있고 봉주와 친구가 될 수 있다.

토시는 조선민주주의 공화국 국민이고 조국을 사랑한다고 했고 살아야 한다고 했다. 어린 아이가 철저히 자신의 신분을 위장하고 살고 있다. 그래도 살아야 하는 것이다. 사랑하는 가족들과 살아야 한다. 조국을 감추고 살지만 남조선에서 온 봉주는 수영도 기를 쓰고 이겨야 하고 논쟁에서도 이겨야 한다. 그렇지만 토시와 봉주는 결국 친구가 되었다.

12살 아이들의 사고방식으로 남북문제를 풀어 가면 좋겠다는 생각을 해본다. 책상 위의 낙서에서 시작된 봉주의 노력에 토시는 마음을 열었다. 지금 대한민국의 어른들은 봉주가 될 수 없을까? 봉주가 어른이 되면 남북문제가 해결이 될 수 있을 것이라고 기대해본다.

푸른마을의 이상한 엄마들

「이상한 엄마」(백희나 지음)를 읽고

백희나의 그림책 「이상한 엄마」를 보는 내내 아이 생각이 났다. 직장 생활을 하면서 이렇게 동당동당 아이를 키우는 엄마들에게 응원을 보낸다. 나는 그렇게 힘들게 키우지는 않았지만 시내 볼 일 보러 나갔다가 잠깐 늦어질 때 마음 졸였었다. 그 때를 돌아본다.

내 나이 마흔하고도 한 살을 더 먹고 나서야 엄마가 되었다. 나를 찾아준 작은 아이는 내 삶을 빛내주는 아이였다. 매일 고맙다, 고맙다, 고맙다, 이렇게 세 번 씩 감사하기로 했다. 그런데 나는 아이가 커가면서 조바심 내고 때로는 방관하고 나만을 생각하고 있었다.

오늘 아침 다시 나를 돌아본다. 감사하는 마음으로 살고자 했던 13년 전을 돌아보았다. 아이를 가졌을 때 할머니는 안계셨다. 기다리다 지쳐서 이 세상을 떠나셨다. 아이를 유난히 기다리고 집착하던 시어머님과 늦게 낳은 막내딸을 안타까워하시던 친정 어머님의 빈자리는 너무도 컸다. 다행히 아이를 사랑하는 남편이 큰 도움이 되었다. 그리고 나에게는 두 분의 빈자리를 대신해줄 이웃들이 있었다.

아이가 24개월 될 때까지는 아이만 보고 살았다. 28개월 되자 어린이집 보내고 푸른마을 도서관의 가족이 되었다. 볼 일 보러 시내에 나갔다가도 아이가 마칠 시간이면 신데렐라가 되어 유리구두가 벗겨지는 줄도 모르고 집으로 달려왔다. 열심히 달려와도 안 될 때가 있었다. 전화해서 봐달라고 부탁할 친척도 없었다. 그 때 내가 전화한 곳은 도서관이었다. 누가 전화를 받든지 아이를 부탁할 수 있는 곳이었다. 내가 1시간 늦게 와도 마음 놓고 아이가 동네 이모들이랑 놀 수 있었다. 그들은 모두 이상한 엄마였다.

이상한 엄마는 달걀국은 아니지만 과일도 챙겨주고 책도 읽어주었다. 우유와 달걀흰자 거품 대신 그림책으로 구름을 만들어주었다. 안개비도 만들어주고 사랑을 주었다.

호호가 6학년이 돼서 이상한 엄마를 기억할 수 있을까? 막연히 그런 꿈을 꾼 적이 있어. 이렇게 생각할 수 있을 것이다. 참 포근하고 따스한 꿈이었어. 이렇게. 지금 내 아이는 초등학교 6학년, 변성기가 와서 고음불가 목소리이고 얼굴에는 여드름이 나있다.

신기하다. 신기한 아이가 어린 시절 어린이집 차에서 내려 이상한 엄마들이 그림책이라는 구름을 만들어주었던 기억은 아련할 것이다. 그렇지만 정말 삶이 고달프고 힘들 때 이상한 엄마들이 주었던 따스한 눈길과 책 읽어주던 기억이 큰 힘이 되리라 믿는다. 호호도 그럴 것이다.

문이랑 책이랑 글이랑

달샤베트
「달샤베트」(백희나 지음)를 읽고

노란 물 똑똑 떨어진다
달에서
방울 방울 이 물 받아 무얼 해볼까?
손에 묻은 물 혀 대보니
달콤하다
단물이네
달물은 단물
이 물 받아 샤벳 만들어야지

밤새 만든 샤벳
누구랑 먹을까?
냉장고에 넣었다가 동생하고 먹어야지

그런데 잠이 안 와
맛만 봐야지
한 입만, 또 한 입만, 또 한 입만...
어, 남은 게 없네

동그리미

동생 거는 내일 만들어야지
내일도 달이 뜨겠지
단물 똑똑 떨어지는...

작가의 상상력이 아름답다. 어린 날의 내가 보인다. 내 어린 날이 이렇게
아름답지는 않았지만 이런 어린 날을 우리 아이들에게 선물해주고 싶다.
단물이 똑똑 떨어지는 그런 날들, 동생 주려고 했는데 너무 맛있어서 내가
다 먹어버리는 천진함을, 그리고 내일을 기다리는 낙천적인 달콤함을 선
물해주고 싶다. 작가의 마음이 이러했을 것 같다.

문이랑 책이랑 글이랑

감기 걸린 물고기

「감기 걸린 물고기」(박정섭 지음)를 읽고

색색의 어린 물고기들
뽀글뽀글
너 감기 걸렸으니 여기서 나가!

나 원래 빨간 색인데
나 원래 노란 색인데
나 원래 파란 색인데

이상해

의심은 지옥의 세계로 향하는 문

지옥은 욕심 덩어리
에, 에 에취
모두 토해내고 초라해진
못난이 물고기

작아진 모습이 초라하다

속았던 어린 물고기들
이렇게 어른이 되어간다

어린이 책인데 읽는 어른들이 찔리는 책이다. 책이 너무 예뻐서 더 찔린다. 어쩌면 작가는 이렇게 예쁜 그림으로 어른들의 세상을 콕 꼬집었을까?

서로 감시하고 속이면서 개인의 이익을 위해 지옥으로 향하던 권력자들이 떠오른다. 영원히 변하지 않을 것 같은 세상, 힘없는 서민들이 정직하면 손해보고 약게 줄 잘 서면 출세할 것 같은 세상이 뒤집혔다.

촛불의 힘으로. 아직도 갈 길은 멀지만 좋아지겠지. 어린 물고기들의 예쁜 색이 존중받는 세상으로.

불량가족 레시피
「불량가족 레시피」(손현주 지음)를 읽고

제목부터 심상치 않다. 결손 가정이라는 말을 많이 쓰는데 이 가족은 결손을 넘어선 불량가족이다. 어떻게 조미를 해야 살아남을 수 있을지 자못 궁금했다. 표지 그림부터가 불량하다. 뚱뚱한 언니와 면도도 제대로 안한 아버지, 얼굴에 반창고 붙이고 삐딱하게 서있는 아버지 자체가 불량해 보인다. 그런데 바탕이 노랑색이라서 그런지 어둡지 않다. 아무리 인상 쓰고 있어도 밉지 않고 오히려 불쌍해 보인다.

할머니, 아버지(권종대), 삼촌, 오빠, 언니, 나(여울) 이렇게 한 집에 살고 있다. 여기서 정상적인 사람은 아무도 없다. 할머니는 나이트클럽 댄서의 딸인 나를 구박하고, 아버지는 온 가족을 무임금으로 부려먹는 악덕 고용주이다.

삼촌은 그야말로 쫄딱 망해 아내와 아이들은 미국으로 갔고 얹혀살고 있다. 대학생 오빠는 병치레를 하고 있고 그나마 나는 제정신이다.

제정신인 나는 가출, 아니 철저히 준비된 출가를 꿈꾼다. 그런데 정작 가출은 언니가 먼저 하고 할머니, 삼촌, 오빠, 아버지가 차례로 집을 나간다. 아버지는 감옥에 가고 넓은 집에서 전세 값 곶감 빼먹듯 살던 생활을 청산하고 할머니는 이모할머니에게 가고 제 정신인 나는 꿋꿋하게 다른 가족을 기다리기로 한다. 나는 코스프레에 빠져있다.

집에서 사람대접 못 받지만 공주 옷을 입고 잠시나마 공주가 되어본다. 공주 옷을 장만하려고 아버지 지갑에서 조금씩 돈을 몰래 꺼냈다. 공주 옷도 그렇지만 독립자금 마련이 목적이다. 피오나 공주 옷을 준비했는데 이 때 세 바스찬을 만나 사랑에 빠진다. 학교 축제에 초대도 받는다. 그런데 세바스찬 이 관심 있는 사람은 내가 아니다. 나와 제일 친한 류은이를 유치원 때부터 알고 지냈고 좋아한다는 것이다. 그럼 그렇지. 그래도 나는 씩씩하다. 불량 가족의 막내지만 나는 제 정신이고 불량가족 레시피를 만들고 있다.

첫 페이지를 읽으면서 불편했다. 예상은 했지만 해도 해도 너무 한다는 생 각이 들었다. 이렇게 극단적인 가족이 있을 수 있을까? 청소년물이 이래도 되는 건가? 욕설은 기본이고 콩가루도 이런 콩가루가 없다. 그렇지만 책장 을 넘기면서 그럴 수도 있겠다고 느껴졌다. 아니 이미 사실 여부가 중요한 것은 아니다. 어쩌면 우리 가족 어느 구석에 이 책에 나오는 할머니, 아빠, 언니, 여울이가 있을 수도 있다. 그래서 불편했던 것 같다.

겉으로는 멀쩡해 보이지만 이혼한 사람, 사업 실패한 사람, 괴팍한 할머니, 불만투성이의 여학생들이 내 주변에 있을 수 있다. 이 시대를 살아나가기 위 한 레시피는 각자의 몫일 것이다. 여울이를 응원한다.

기억

「시간상자」(데이빗 위즈너 지음)를 보고

　이 책은 성진이가 고른 책이다. 성진이가 책 고르는 기준은 그 때 그 때 기분에 따라 다르다. 한글학교에 도착하면 나는 책을 반납하고 성진이는 급하게 책을 골라 아빠에게 달려간다.

　여유있게 고를 시간이 없다. 엄마가 거의 쫓아 보내니까. 나는 숨 좀 돌리고 수업준비를 한다. 수업준비라야 아이들에게 읽어줄 책을 고르고 5학년 국어 읽기책을 들여다보는 것이지만 그래도 마음이 바쁘다.

　성진이가 고른 '시간상자'는 글씨가 없는 완전한 그림책이다.

늘 책 읽어주는 것에 길들여져 있는 나는 활자에 중독되어 글씨 없는 책이 당혹스러웠다. 책을 읽어주면 아이에게 무언가 해주는 느낌이 들고 목이 아파오는 것이 뿌듯해지곤 했다. 그러나 나는 이 책에 빠져들었다. 내용이 아이에게 다소 어려울 듯했지만 보고, 또 보고 곱씹어 볼 만한 책이다.

　바닷가에서 우연히 만난 수중카메라에는 바닷속 풍경 뿐 아니라 사진을 들고 찍은 사진이 있다. 여기서는 바닷속 풍경이 주인공이 아니라 사진 속의 사진들이 주인공이다. 사진 속에는 또 다른 사진을 들고 있는 사람들이 있고, 또 그 사진 속에는 또 다른 사진을 들고 있고...

　돋보기로 들여다보다가 현미경을 들이댄다. 소년이 있고, 소녀가 있고, 아

동그리미

저씨가 있고, 흑인이 있고 백인이 있다.

이 카메라는 도대체 얼마나 많은 것을 보고 들었을까?
현미경으로 사진을 보던 소년은 결국 그 사진을 들고 다시 사진을 찍는다. 그리고 카메라를 다시 바다로 돌려보낸다. 다시 바다를 여행하면서 물고기도 만나고 커다란 물고기 입에도 들어가기도 하고 새의 부리에 매달려보기도 하고 또 어느 바닷가 모래사장에 이른다. 여기서 또 다른 소녀를 만나면서 그림책이 끝난다.

마지막장에 이르러서도 쉽게 책을 덮을 수 없었다.
내가 만약 이런 카메라를 만난다면 내가 다시 사진을 찍어 누군가의 손 안에 들어간다면 그가 보는 내 모습은 어떨까?

이 책은 2007년 칼데콧상 수상작이다. 상을 탄 책이라 손이 간다기보다 좋은 책이라 상을 탔으리라고 고개를 끄덕이게 되는 책이다. 그림만으로 많은 생각을 하게 되는 책, 이야기를 만들어내는 책, 생각하게 하는 책, 그것이 그림책의 매력이 아닐까 싶다.

뮤
이
랑

책
이
랑

글
이
랑

여우가 책을 먹는다고?
「책먹는 여우」 (프란치스카 비어만 지음)를 읽고

지난 토요일 한글학교에서 책을 빌렸다. 주로 성진이가 빌리는 동화책이 주가 되고 관심 있는 책이 있으면 빌려보는 편이었다. 김훈의 '칼의 노래'를 벼르고 있다가 1권을 읽고 2권을 빌려보았다. 다 읽고 한 동안 멍했다.

작가의 관점과 글쓰기에 충격을 받았다. 왜 사람들이 좋아하고 상을 받았는지 느낄 수 있었다. 급하게 성진이가 책을 고른다. 다른 때는 글밥이 작고 자기 수준에 맞는 책을 고르는데 제법 두툼한 책을 집어 든다.

목이 터지겠구나 싶었다. 며칠 잊고 지내다가 잠자리에 들 때 읽어주었다. 몇 권을 읽어야 자는데 한 권으로 끝낼 수 있어서 좋았다. 더 좋았던 것은 성진이보다 우리 어른들이 읽어도 느낄 점이 참 많다는 것이다. 이 책은 독서에 대해 다시 한 번 생각해보고 음미해보게 하는 책이었다. 좋은 책에 대해, 또 독서 방법에 대해, 독서를 통해 얻을 수 있는 것에 대해 상징적으로 다루고 있었다. 여우가 책을 읽고 먹는다는 설정이 우선 재미있게 다가왔다. 읽

동그리미

는다는 설정에서 한 발 더 나아가서 소금, 후추를 뿌려서 한 권 한 권 먹는 여우에게는 그야말로 책이 양식이다.

집에 있는 가구까지 전당포에 맡기고 책을 사서 읽고 먹어야하는 여우, 결국 도서관에서 책을 빌려 읽고 먹다가 들키게 되고 마지막엔 단골 서점에 가서 강도짓을 하다 감옥에 가게 된다. 독서 절대 금지 처분을 받고....

과연 그 상황에서 여우가 할 수 있는 것이 무엇일까? 교도관을 설득해서 종이와 연필을 얻고 그는 책을 만들게 된다. 여우의 재능을 알아본 교도관은 여우가 쓴 이야기를 책으로 만들고 여우는 훌륭한 작가가 된다. 물론 여우는 부자가 되고 더 이상 서점에서 강도짓을 하지 않아도 된다. 더구나 여우는 가장 맛있는 책을 스스로 만들고 맛있게 먹을 수 있게 된다. 그의 책에는 소금 한 봉, 후추 한 봉이 부록으로 붙어있다. 그 이유는 아무도 모른다.

소금, 후추는 무엇을 말할까? 독자 나름의 해석방법일 것이다. 이야기가 재미있고 없고, 또 유익하고 해롭고 이런 것들은 책의 맛과 질일 것이고 소금, 후추는 독자들이 그 책에 접근해서 생각하고 또 다른 관련 자료를 찾아보고 모아보는 독서법일 것이다.

나는 그 동안 읽는 것만 좋아했다. 읽은 것을 정리하지도 않고 읽은 것을 대부분 잊어버리고 그냥 읽었다는 것만으로 포만감을 느꼈었다. 요즘에는 많은 호기심이 생긴다. 소설 한 권을 읽게 되면 작가가 궁금하고 또 소설의 배경이 되는 지역이나 소설 속 인물이 갖는 관심사에 대한 것, 역사소설이라면 이야기가 이루어지는 시대와 사건, 인물이 궁금하다. 궁금증을 풀기 위해 인터넷을 뒤지게 된다. 이런 행위가 소금, 후추로 양념하는 과정이 아닐까 싶다. 이렇게 양념해서 내 나름대로 휘리릭 먹고 나면 만족감으로 일주일이 배부르고 행복하다. 이번 주 '칼의 노래'와 '책먹는 여우'로 나는 배부르다.

프란치스카 비어만이라는 독일 작가가 주인공 여우가 아닐까 싶다. 예전의 동화는 이야기 줄거리가 착하고 불쌍한 주인공이 온갖 역경을 딛고 공주님을 구하거나 왕자님을 만나 결혼하는 것으로 끝난다. 인생의 반전이다.

현대판 신데렐라는 부자집 아들과 결혼해서 부자가 되거나 주인공 스스로 스타가 되는 것일 것이다. 여기서 여우도 베스트셀러 작가가 된다. 이 점은 약간 아쉽다. 돈을 많이 벌고 유명해지는 것이 목적이고 성공의 잣대가 된 점은 동화의 한계인 것 같다. 현대판 공주, 왕자 이야기일 뿐이다.

그럼에도 불구하고 어린이를 위한 동화라기보다 어른들이 읽고 생각할 여지가 많은 책이다.

동그리미

지성부킹 3

- 65년생 문희가 82년생 지영이에게
- 503호 열차
- 남자 찾아 산티아고
- 상상력이 권력을 쟁취한다
- 사실이란다
- 죽음이 전하는 말-말의 향연, 맛의 향연
- 잠좀 자자 아들아
- 통영을 그리다
- 파수꾼
- 내 그림자 돌아보다

지성부킹 (지성BOOKing)

채움 작은 도서관 개관과 동시에 만든 독서모임,

각자 읽고 싶은 책을 추천하면 순서 정해서 함께 읽고 이야기

나눈다.

동화책도 읽지만 우리는 지성인이고 지성을 만나는 나름 고급진

책모임을 지향한다.

페미니즘 소설, 화가들 이야기, 아픈 근현대사를 다룬 책들을 읽고

글을 쓴다.

65년생 문희가 82년생 지영이에게
「82년생 김지영」(조남주 지음)을 읽고

지영아

내 조카 사현이와 같은 해에 태어난 지영아, 힘들지?
나도 힘들었어. 내 뜻대로 되는 건 아무것도 없었고
내 말을 들어주는 사람도 없었다. 아프다고 해도 돌
아보는 사람이 없었지. 언니들이 있어도 엄마가 있어
도 각자의 무게가 더 무거웠다. 아들이라고 특별대우
해주는 집은 아니었던 것이 유일한 위안이었을까?
어쩌면 아들이든 딸이든 에너지를 쓸 여력이 없는 집이었던 것도 같다.

네 이야기를 읽으면서 마음이 무거웠다. 나도 여자이면서
지영이 친구들의 생각과 행동이 당황스러웠던 적이 많았다.
세대차라고 느꼈던 적이 많았다.
세상은 진화하고 있고 여건은 좋아지고 있다고 믿는다.
아직도 억울한 일, 말도 안 되는 일이 많지만.
그런데 제일 중요한 것은 '나'라고 생각해.
나의 역할, 가치에 당당하고 남의 이야기에 상처받지 말 것!
물론 어렵겠지. 아무도 내 이야기를 들어주지 않던 어린 시절부터
참고 이해하는 것이 몸에 배어 있다가

文이와 함께

여고시절 이후 20대를 환자로 지냈다.

지영이는 아이를 낳고 나서

다른 사람의 목소리를 빌려 말을 하기 시작했지만

나는 말도 못하고 주기적으로 입에 거품 물고 숨이 막혀

응급실로 실려 갔었단다.

나는 늘 춥고 머리 아프고 콜록거렸다.

내 의지로 할 수 있는 것은

학급문고에 있는 책을 읽는 것이었고 교과서를 들여다보는 것이었다.

빈 종이에 시 비슷한 것을 끄적거리는 것이었다.

그것은 돈 드는 일이 아니었으니까.

내 의지로 할 수 없는 것들 투성이였지만

내가 할 수 있는 한 가지가 나를 버티게 했다.

결혼 이후의 삶이 오히려 쉬웠다.

이유는 단 하나, 나를 인정해주고 내가 할 역할이 있었다는 것,

나를 위한 삶이 아니라도 좋았다.

이기적인 남편이라도 이기적인 시댁 식구들이라도.

나에게 상처 주는 말들을 아무 생각 없이 뱉어내는 이들에게

한 마디 말대꾸도 못했지만 속으로는

'니들은 환자야.' 라고 생각했다.

마음이 가난해서 그럴 거라고 생각했다. 잘난 내가 참아야지.

지금은 나만 안 건드리면 고맙고

보태달라고 손 내미는 사람만 없으면 고맙다.

나는 절대 식충이도 아니고 맘충이는 더더구나 아니다.

엄마가 위대한 이유는 그렇게 말하는 인간들도

저희들 엄마 뱃속에서 나왔다는 점이다.

꿈속에 사는 지영아
네가 꾸는 꿈은 내가 꾸어온 꿈과는 다르지만
너의 꿈으로 대한민국 82년생 지영이들의 마음을 알게 되었다.
안타깝다. 그런데 그럼에도 불구하고 우리는 살아내야 한다.
너는 충분히 아름답고 이 삶을 누릴 가치가 있다.
꿈을 꾸자. 꿈을 그리자.
네가 할 수 없는 일도 많지만 할 수 있는 일들도 많다는 것,
너 아니면 안 되는 일에 가치를 두고 자부심을 갖고 살자.
내 편지가 힘이 되었으면 좋겠다.
너는 회사에서 인정도 받았고 이쁜 딸도 있고
너를 아끼는 엄마와 언니, 남편도 있다.
네가 가진 보석들과 더불어 빛나는 삶을 살아가기 바란다.

5월 햇살 고운 새벽에, 언니이고 싶은 이모가

지성부킹

503호 열차
「503호 열차」(허혜란 글, 오승민 그림)을 읽고

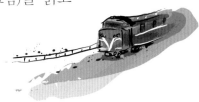

싹트고 꽃 피우고 열매를 맺는 씨앗이 이야기가 된다.
마치 동화 속 나날들처럼.

오늘 읽은 동화책 한 권, 정채봉 문학상 수상작인 "503호 열차"이다.
많은 사람들이 알고 있는 동화작가 정채봉을 기리는 문학상은 2012년부터
선정해서 작년에 5회에 이르렀고 허혜란 작가의 "503호 열차"라는 작품이
2016년도 대상을 받았다.

이 책은 조국을 떠나 연해주에 살던 사람들이 어느 날 중앙아시아의 황무지
로 강제 이주 당하는 이야기이다. 동물이나 화물을 실어 나르는 칸에 짐짝처
럼 실려 가면서 이웃, 가족들이 죽고 새 생명이 태어나기도 한다.
참 어두운 이야기일 것 같지만 꼭 그렇지는 않다. 절망적이고 세상이 끝날
것 같지만 아기가 태어나고 씨앗을 품고 가는 사람들은 희망이 있다.

이 책을 읽으면서 이런 생각을 해보았다. 가족이나 이웃의 죽음, 그 때의 기
분, 혹은 주위 분들이 이런 일을 겪었을 때 어떻게 위로해주었는지?

가장 충격적인 일은 시어머님이 돌아가셨을 때였고, 지금도 가슴이 먹먹하다. 며느리 약하다고 걱정하시던 어머님, 무거운 것은 어머님이 다 들고 씩씩하던 어머님이 1년 정도 검사 받고 2달 입원하셨다가 돌아가셨다.

회갑 되던 해에. 양가 부모님 중 가장 연세가 적었는데 가장 먼저 돌아가셨다. 투박한 정을 듬뿍 주셨던 분. 그러면서도 가장 자주 상처를 주셨던 분, 20년이 지나도 안타깝다. 그랬다. 삶과 죽음의 문제는 영원히 풀지 못하는 난제다. 이 책에서의 이별은 어땠을까?

다시 책으로 돌아가본다.
제일 먼저 아빠와의 이별 장면이다.

"샤샤! 세상 돌아가는 것이 예사롭지 않다. 네 나이, 열두 살, 이제 어린아이가 아니야. 네 생각과 네 행동을 스스로 결정할 수 있는 나이가 되었어. 강해져야 해, 알았니?"
내 눈을 똑바로 바라보는 아빠에게 나는 고개를 끄덕였어요.
"어떤 경우에도 두려워하지 마라. 정신 똑바로 차려야 한다."

"503호 열차" 이 사람들이 열차를 타는 과정이다.
1937년 연해주에 살던 조선인들을 중앙아시아로 강제 이주시켰다.
이 이야기는 러시아 연해주 블라디보스토크에서 우스리스크로 가는 길목에 있는 지선의 간이역인 라즈돌로예 역에서 시작된다.

'우리가 왜 이 열차를 타지?'
나는 주변을 둘러보았지요. 사람들은 열차가 흔들리는 대로 몸을 흔들거리며 눈을 감고 있거나, 불안한 얼굴로 여기저기를 두리번거리거나, 멍한 눈으로 먼 데를 바라볼 뿐입니다.

이유도 모르고 타게 된 기차에서 이런 일들이 벌어진다.
해님이 엄마가 아기를 낳는다. 절망 속의 희망이다.

사람들은 오랜만에 웃었어요. 어떤 사람은 눈물을 흘렸지요. 꼭 잔칫집 같
아요. 사람들은 아직 주위에 빙 둘러앉아 오랜만에 생기있는 얼굴로 마주 봅
니다.

새 생명이 태어나고 아기 이름을 짓는 장면이다.

"할아버지가 계셨으면 조선 이름을 지어 주었을 텐데."
해님이가 중얼거렸어요.
"율...... 강율."
작지만 또렷한 목소리가 들려왔습니다. 해님이 등에 업힌 안톤이에요. 며칠
째 열이 올라 볼이 붉게 달아오른 안톤이 말한 거예요.

홍길동전에 나오는 율도국이 생각나는 이름, 그렇다. 할아버지가 율도국을
생각하고 안톤에게 붙여주려 했던 이름이란다.
그 아기 율이가 자란다.

율이는 조금씩 조금씩 자랐습니다. 참 신기한 일이지요. 먹는 것이 부족한
데도, 열차 안이 추운데도 제대로 씻기지 못하는 데도 율이는 자라납니다.
사람들의 정성과 관심을 받으면서요.

희망, 희망이다. 또 다른 희망은 삼촌과 레나 누나가 결혼하는 것이다. 기차
에서 결혼식을 한다. 결혼식 전날 모습이 이어진다.

"자, 이걸 받으렴."
볼록한 것이 나왔어요. 할머니가 수시로 만지작거렸던 바로 그거예요.
할머니는 종이에 싸인 그것을 삼촌과 내 손에 쥐어 주었습니다. 결혼식을
위하여 집안에서 대대로 물려온 값진 물건처럼 아주 소중하게요.

아, 그것들은 씨앗입니다. 각각의 꾸러미에 작은 글자가 조목조목 적혀있어
요. 벼, 밀, 보리, 배추, 무, 상추, 열무, 호박......

그 씨앗들은 정말 값진 물건이었다. 중앙아시아로 이주해서도 고려인들은
농사를 짓고 지금까지 살아가는 힘이 되었다.

남자 찾아 산티아고
「남자 찾아 산티아고」(정효정 지음)을 읽고

"남자 찾아 산티아고", 마치 드라마 제목 같다.

이 책을 쓴 정효정 작가는 SBS에서 실제로 방송작가를 했었고, 4년 동안 일본, 호주, 캐나다에서도 생활을 했었다고 한다. 「좋은 아침」, 「모닝 와이드」 같은 방송도 만들었지만 2014년에는 인도, 중국, 중앙아시아, 중동을 서쳐 로마까지 여행한 후 여행에세이 "당신에게 실크로드"를 펴냈다.

실크로드에 이은 산티아고 여행기,

산티아고 순례길은 이제 많이 알려져 있다. 책이나 영화도 많이 나와 있고, 2007년 신재원의 "엘 카미노 별들의 들판까지 우리가 걷는다."를 비롯해 평범한 주부 김효선이 "산티아고 가는 길에서 유럽을 만나다." 같은 책들도 나왔다. 나도 영화 엘 카미노를 보고 산티아고 순례길을 가 보고 싶다는 생각을 했었다.

책이나 영화나 같은 소재라고 해도 특징이 다르다. 이전의 책들은 특별한 사람들의 특별한 이야기라고 생각되었는데 이 책은 만만하고 편하게 손에 들게 된다. 남자 찾아 순례길을 떠난다는 것이 엉뚱하기도 하고 과연 남자를 찾았을지 궁금하기도 했다.

또 이런 궁금증도 갖게 되었다.

이상형을 찾아 여행을 떠날 수 있을지?

800Km를 걸으면서 이상형의 남성(여성)을 만날 수 있을지?

만난다면 어떤 계획이 있는지?

나라면 여행을 하려는 엄두를 못 낼 것 같다. 멋있는 상대를 만나기도 어려울 것 같고, 가끔 혼자 서울 가는 기차나 시외버스에서 괜히 두리번 거렸던 적은 있는 것 같다. 20대 청춘이었을 때. 그러다가 점점 누가 말 걸어오는 것이 부담스럽고 지금은 눈 감고 자는 척 한다. 아무리 멋진 사람이 눈에 띈다 해도 그림의 떡이려니 싶어서.

점점 편한 걸 찾게 되는 것 같다. 그런데 정효정 작가는 어떻게 남자를 찾아 산티아고로 갈 생각을 했을까?

이 책은 이렇게 시작된다.

산티아고는 예수의 12제자 중 하나였던 야고보(Jacob)의 무덤이 있는 스페인 북서부의 도시이다. 이 산티아고에 간다는 것은 '산티아고로 가 는 길'을 뜻하는 '카미노 데 산티아고'를 걷는 것을 말한다.(.....)오늘날 산티아고로 향하는 800km는 성지순례의 의미보다 온전히 자기 자신에 게 집중할 수 있는 시간을 뜻한다.

〉〉 그런 길을 남자를 찾아 떠났다고?

- 다음 부분을 들어보면 이해가 될 것이다.

무엇보다 "인생의 답을 찾아 800km를 걷는 여행자"라는 말에 내 심장은 빠르게 반응하기 시작했다. 까다롭지 않고 여행을 좋아하며 삶의 태도가 진지한 사람, 내 이상형이다.

〉〉 그래서 이상형을 만났을까?

- 이 여행에서는 남자만큼 중요한 깨달음이 이어진다.

산티아고 순례길을 그냥 걷기만 하는 것이 아니라는 것을. 이 길을 걷는다는 것은 천 년 동안 쓰여진 이야기와 앞으로 쓰여질 이야기 사이를 걷는다는 것을 의미다. 그리고 그 이야기의 깊이 속에서 자신만의 서사시를 발견할 수 있는 기회이기도 하다. 이 길의 매력은 시대를 뛰어넘는 풍부한 이야기인 것이다.

〉〉 자신만의 서사시를 발견할 수 있는 기회라는 말이 마음에 와 닿는다.

- 작가는 순례길에서 우리의 고정관념에서 벗어난 사람들을 만난다. 남아공에서 온 60대 순례자인 아이린이 하는 말이다.

"사실 내 인생에 right man은 없었어. 하지만 그렇다고 혼자 딸을 키우면서 불행하지는 않았어. 모든 것은 내 선택이었으니까."

"…"

아이린은 부드러운 미소를 띠고 당당하게 말하는 거다.

"평생 결혼하지 않았지만 인생은 괜찮았다."고. 그리고 우리가 헤어지기 전, 그녀는 내 어깨를 토닥이며 이렇게 말했다. "다른 사람 말은 신경 쓰지 않아도 돼. 어차피 삶은 누구에게도 같을 수 없거든."

문이랑 책이랑 글이랑

〉〉 **여행은 만남인 것 같다. 사람과 만남, 풍경과 만남, 이야기와 만남.**

- 작가는 여행에 대해 이렇게 말한다.

모든 여행은 경계를 넘는 것에서 시작한다. 모든 것이 당연했던 견고한 내 세계를 떠나 이방인이 되면서부터, 우리는 수많은 다름과 부딪친다. 다름 사이에서 내 기준점을 낮추기도 하고 끌어올리기도 하며, '이것이 나'라고 생각했던 것에서 벗어나 자신의 기준점을 다시 조정하는 것이다.

지성부킹

상상력이 권력을 쟁취한다
「69」(무라카미 류 지음)를 읽고

지금 우리는 중 2 사춘기를 말한다. 정작 18살, 고 2 때는 이미 지쳐버린 무기력한 수험생일 뿐이다. 끓던 피가 점점 식어가고 굳어가고 있다. 언제나 십대는 힘들다. 나도 그랬다. 세상이 곧 끝나버릴 듯한, 미래가 보이지 않는 막막함에 끓던 피가 얼어붙는 느낌이다. 그 시기의 탈출구가 상상력이 아닐까 생각한다.

18살 겐은 사상도 철학도 여물지 않은 어설픈 리더였다. 옥상을 폐쇄하고 교장실에 똥을 누게 하고 학교 곳곳에 구호를 적는다. 가장 인상적인 것은 "상상력이 권력을 쟁취한다."라는 말이다. 18살 고등학생들의 숨길로 보인다. 겐은 정치도 철학도 연극도 놀이이다. 아는 척, 힘센 척, 멋진 척하면서 주목 받고 있다. 상상력의 결과이다.

상상력으로 학교라는 울타리에서의 권력을 맛본다. 어설프고 엉성하고 금방 들통 나는 상상은 현실적인 야마다가 보완해준다. 겐의 상상력에 날개를 달아준 것은 북고 학생들과 인근 학교의 학생들이다. 어쩌면 1969년 18살 청춘들은 겐과 같은 작은 불씨를 기다리고 있었던 것 같다.

지금 대한민국의 십대, 이십대를 곁눈질해본다. 어리고, 무기력하고, 이 험한 세상 어찌 살아갈지 걱정이 앞선다. 우리 때는 안그랬는데... 그런데 69년에도 79년에도 89년에도 어른들은 그런 눈으로 18살 아이들을 보았을 것이다. 다르다면 사느라고 바빠서, 자식들이 많아서 아이들의 눈을 보지 않았을 것이다. 그래서 더 상상력을 키우고 목소리를 키우고 행동을 했을 것이다.

작년 늦가을 이후, 새로운 대한민국을 말하기 시작했다. 정권이 바뀌고 젊은이들이 생각하고 논쟁하고 참여할 꺼리가 생겼다. 그렇다. 꺼리와 여지가 중요한 것이다. 여기에는 특정한 정치적 성향이나 이념의 문제가 아니라 눈에 보이고 느끼고 상식선에서 판단해서 자발적으로 모인 것이다. 어쩌면 누군가는 군중심리라고 할 수도 있겠지만 내 또래 친구들이 세월의 물살에 희생되었고 그 이후 세월호를 인양하기까지 팽목항에서 딸 이름을 목놓아 부르는 우리의 어머니들을 보았기에 우리의 아들, 딸들은 촛불을 들었다. 2016년의 상상력은 나라다운 나라라는 권력을 쟁취했다.

대한민국의 권력은 국민으로부터 나온다. 대한민국 헌법 제 1 조를 다시 보게 했다. 지금 18살 친구들은 건강하다. 어리고, 엉성하고, 반항하고, 상상한다. 공무원, 의사, 판사만을 꿈꾸지 않는다. 요리사, 프로게이머, 디자이너, 파티쉐 등을 꿈꾼다. 재미있으면 된다. 행복하면 된다. 여기에 이념이나 사상이나 정치적 성향은 없다. 내 삶과 가족, 이웃이 행복하면 된다.
69년 일본에서 그들이 만든 영화도 연극도 축제도 그랬다. 대한민국 광화문 광장을 밝혔던 촛불도 그랬다.

상상력이 권력을 쟁취한다.

사실이란다
「순이 삼촌」 (현기영 지음)을 읽고

제주를 동경해서
한라산이 그리워서 떠난 해맞이 여행
성산 일출봉에서 한해를 꿈꾸고
한림의 에메랄드 물빛을 사랑했다

섬문할망의 물장구에 힌 림의 몰빛이 그리된 줄 알았다
할망의 심술에 산굼부리 갈대바람이 거센 줄 알았다
할망의 장난질에 성산포 해돋이가 붉디 붉은 줄 알았다

그럴 수 있겠지
아니 그럴 수 없어
어찌 같은 동네 사람끼리 그럴 수 있어
어찌 같은 나라 사람끼리 그럴 수 있어
마을 사람 모두를 초등학교 운동장에 몰아놓고 총질하고
산 속으로 숨은 이들 빨갱이 가족이라 총질하고

말도 안 돼
도리질 해 보지만

이미 그런 일이 있었단다
그 와중에 살아남은 이들이 말한다
8살 소년이었던 기영이는 70대 할아버지가 되어
그날을 적었다
그래
한림 앞바다 색이 유난히 신비로운 것은
멍자국이었어
피멍자국, 핏빛 감추려 핏빛 닦아내려고

지난 겨울 들렀던 한림 바람은 매서웠다
제주 바람이 전하는 사연은
가늠하기 힘들었다 믿기 힘든 이야기였다
그래도 사실이란다

지성부킹

죽음이 전하는 말 –말의 향연, 맛의 향연
「염쟁이 유씨」(박지은 지음)를 읽고

참 맛있는 책이었다.

제목을 듣고는 무겁고 어둡고 쓴 커피가 연상되었다. 죽음의 검은 빛깔이 깊게 다가오는 부담이었다. 재미있다고 하는데 걱정이 살짝 되었다.

책 표지를 보니 진한 저녁노을이 떠오르며 신맛도 느껴졌다. 푹 익어 더 이상 나무에 매달리지 못하고 바닥에 털썩 털어진 늦가을 홍시의 단맛도 연상되었다. 어쩌면 재미있을 것도 같았다.

첫 페이지, 이 책의 화자인 주 기자의 자살 시도, 실패... 뻔한 맛? 시어 터진 김치 맛? 주순신이란 이름을 가진 잡지사 기자라는 설정이 좀 재미있어진다. 밥 한 술 입에 넣고 씹으면 살짝 단맛이 느껴지는 밥맛?

드디어 염쟁이 유씨를 만난다. 빠져든다. 이야기에. 구성진 사투리에. 구수하다. 염쟁이 유씨가 만난 죽음들이 에피소드처럼 이어진다. 폭신 폭신 햇감자를 쪄낸 듯한 따뜻하고 담백한 맛 나는 이야기, 구린내 때문에 코를 막다가 그 맛에 빠져드는 삭힌 홍어와 김치, 돼지고기 수육에 막걸리 한 잔 걸치게 되는 이야기. 인간들의 탐욕은 가족도 없다.

결혼 후 집 나갔다가 철없는 어린 여자를 데리고 온 남편에게서는 풀 뿌리의 씁쓸한 맛이 났다. 화도 났다. 이 여인이 철없는 어린 여자의 죽음까지도 책임져야했다. 덜 마른 청솔가지 아궁이에 불 지펴 소여물을 쑬 때 불은 잘 안 붙고 연기는 매캐하고 가슴 답답해지는 그런 느낌, 그렇지만 결국 소들은 맛난 여물을 먹게 된다.

죽음은 결국 소여물을 쑤는 일이었다. 산 자들의 밥이 되는 일이었다. 죽은 자들의 이야기로 산 사람들의 살맛을 느끼게 해주는 이야기였다.

살맛나는 세상!

염쟁이 유씨가 인터뷰에 응한 것은 이런 바람이었을 것이다. 염쟁이 대를 잇겠다던 아들이 시체로 돌아와 마지막 염의 대상이 된 기막힌 상황에서 그가 하고 싶은 이야기, 그가 맛본 죽음의 맛은 이런 바람이었을 것이다.

자살을 생각하는 이 땅의 주기자들이 살자는 마음이 들게 하는 바람, 그 바람을 직설적인 입담으로 전하고 있다.

나 죽은 후 장례식장의 풍경은 어떻게 묘사될까? 염쟁이 유씨의 입담을 상상해본다. 내 죽음의 맛이 궁금해진다.

잠좀 자자 아들아
「잠」(베르나르 베르베르 지음)을 읽고

　잠꼬대가 심한 남편을 만나 당혹스러웠던 신혼생활이 떠오른다. 요즘은 내가 익숙해진 것인지 아니면 남편의 코골이가 자연치유된 것인지 알 수 없지만 거의 느끼지 못한다. 가끔 술이 과한 날이면 코고는 소리가 신경 쓰이지만 요즘은 남편의 코골이보다 강아지의 코 고는 소리가 더 크다. 이쯤 되면 이들의 수면은 2단계에서 머무는 것일까?

　잠꼬대까지 하고 이빨까지 갈아댄다면 극도의 스트레스 결과려니 생각된다. 이 책을 읽으면서 정작 나의 수면 상태가 궁금해진다. 나는 수면 4단계, 5단계까지 갈 수 있을까? 현실적으로 6단계는 거의 코마 상태라고 하니 불가능할 테고 3단계 정도의 수면만 취한다고 해도 세상사 살기 편할 것이다.
　잠을 조절하고 꿈을 조절하는 이야기, 거기에 시간 여행까지 좀 산만하다고 느껴지기도 했지만 새롭기는 했다. 30년 후의 내가 찾아오는 이야기는 다른 소설이나 영화에서 많이 쓰는 소재이다.
　영화 '백 투 더 퓨처'는 타임머신이라는 기계에 초점을 맞췄다면 기욤 뮈소의 '당신 거기 있어줄래요?'는 애절한 사랑에 중점을 두고 있다.
　베르베르의 책이라서 과학에 비중을 둔 어려운 책이려니 생각했는데 그다지 어려운 이론이 나오는 것은 아니었다. 어차피 미래의 나를 만난다는 것은 아직까지는 공상일 수밖에 없기에 오히려 쉽게 느껴진 것 같기도 하다. 그렇지만 베르베르는 나를 실망시키지 않았다.

일단 시간적, 공간적 배경 스케일이 크다. 말레이시아 정글을 지나 잠 속 세상을 실제 삶으로 여기는 부족들이 나오고 무인도로 이주하는 과정, 그리고 다시 주인공의 집으로 돌아오는 과정이 지루하지 않고 재미있다.

나는 이 대목에서 뜬금없이 장자가 떠올랐다. 꿈속의 나비가 진정한 나인지? 미래의 나는 지금의 나에게 어떤 충고를 해줄까? 나는 스무살의 나를 찾아가 어떤 충고를 해줄까? 또 미래의 나를 맞닥뜨렸을 때 나는 어떤 반응을 할지 궁금하다. 미래의 내가 잔소리를 한다면 수긍하기 힘들겠지.

알아보기도 힘들겠지. 그래도 정말 어려울 때 미래의 내가 찾아와서 도와준다면 힘이 될 것 같기는 하다. 이렇게 요행에 가까운 기대를 하지 않아도 매일 3단계의 숙면만 취할 수 있다면 몸도 마음도 건강할 것이다. 늦게 자고 늦게 일어나는 아들과 매일 실갱이를 하다 보니 아침부터 진이 빠진다.

밤을 잊은 그대들, 밤을 찾으라! 밤을 낮 삼아 공부하고 일하고 게임하고 영화 보다 보니 혼돈이다. 예술인들의 전유물처럼 여겨지던 불면의 밤이 어린 아이들까지 전염이 되었다. 잠 좀 자자. 아들아! 오늘도 걱정이다. 미래의 아들이 찾아와서 이런 충고를 해주었으면 좋겠다.

지성부킹

통영을 그리다
「그림으로 나눈 대화」 (전영근 지음)를 읽고

골목길, 아담한 2층집, 그냥 예쁜 집
갤러리란다

아들과 아버지가 함께 하던 곳, 그곳에 갔었다
청남색 바다를 사랑하던 아버지, 아버지를 사랑하는 아들
그들은 화가였다
전시된 그림을 언뜻 보고 젊은 화가려니 했었다
그림만으로 그를 판단할 수 없는 이력들.

전혁림, 그는 선구자였다

그림이라면 미술교과서 그림 밖에 모르던 내게
그의 그림은 달랐다.
타일에 그린 그림에서
그릇에 그린 작은 그림들에서
통영이 보인다. 바다가 보인다. 삶이 보인다.

그들의 이야기를 읽는다
아들은 아버지를 말한다
내가 들렀던 그들의 집만큼이나
인상적인 이야기들이
올 봄 내 마음을 따뜻하게 한다

지성부킹

파수꾼
「파수꾼」(하퍼 리 지음)을 읽고

문이랑 책이랑 글이랑

길을 걷는다.
언덕길을 오르고 맞은편에서 오는 사람들에게 가벼운 인사를 나눈다.
길가에 목련이 탐스럽고 개나리가 노랗게 웃고 있다.
개나리와 목련이 서로 다투지 않듯이
서로 사이좋게 봄 인사 나누며 걸어보는 월요일이다.

오늘 읽은 책, 서로 다른 의견을 가진 사람들이 어떻게 의견을 나누어야 하는지에 대한 책, 하퍼 리의 소설 "파수꾼"이다. 하퍼 리는 "앵무새 죽이기"의 작가이다. "앵무새 죽이기"를 재미있게 읽었다. 영화로도 나왔었고. 소설이나 영화나 재미있으면서도 생각할 것이 많은 내용이었다.

시간적으로 보면 "앵무새 죽이기"는 진 루이즈가 어린 시절 이야기이고 "파수꾼"은 대학 다닐 때 이야기라서 연작처럼 읽힌다. 그렇지만 사실 작가는 "파수꾼"을 먼저 썼다고 한다. "파수꾼"의 한 부분을 어린이의 관점으로 개작한 것이 "앵무새 죽이기"이고 "파수꾼"은 2015년 하퍼 리의 언니인 앨리스가 죽고 나서 앨리스가 고용했던 변호사 토냐 카터가 금고에서 원고를 발견했고 이 원고를 하퍼 리의 동의를 얻어 출판을 하게 된 것이다.

등장인물들이 많이 겹친다. 핀치 집안사람들 이야기다. "앵무새 죽이기"가 하나의 사건에 중점을 두었다면 "파수꾼"은 진 루이즈라는 한 인물에 중점을 둔 작품이다. 사회적으로 반향이 큰 "앵무새 죽이기"가 겹치기는 하지만 별개의 작품이라고 한다. 아버지 핀치 변호사에 대해 무한신뢰를 하던 딸 진 루이스가 흑인에 대한 관점이 다른 아버지의 실상을 보고 실망하고 반발하다가 다름을 받아들이는 과정이다.

아버지에 대한 신뢰가 커서 생각이 다르다는 것에 배신감이 컸다. 나도 그런 적이 있었던 것 같다. 이런 생각을 해본다. 나와 생각이 같다고 믿었던 사람이 다른 생각을 이야기할 때 기분이 어떤지?

사회가 빨리 변해가면서 사람들 사이의 생각도 너무 다르다. 나는 비교적 표현을 잘 안 하는 편이고 피하는 편이다. 다툼을 싫어하고 가능하면 조율하고 싶어 했다. 어떤 때는 회색분자 같은 느낌이 들기도 하고. 그렇지만 정말 중요하다고 생각하는 점은 목소리를 높이기도 한다. 다른 목소리에 귀 기울이기가 정말 어렵다. 자기 이야기만 중요시 여기고. 옳고 그름의 문제만 따진다고 명쾌해지지는 않았다. 진 루이즈가 아버지에 대해 처음으로 이상하게 생각하게 된 계기가 되는 장면이다.

진 루이즈는 소책자를 펴들고 아버지 의자에 앉아 읽기 시작했다. 다 읽고 난 뒤 죽은 쥐의 꼬리를 잡듯 소책자의 귀퉁이를 잡아 들고 부엌으로 갔다. 그리고 고모 앞에 그것을 디밀었다.
"이게 뭐예요?" 그녀가 말했다.

알렉산드라가 안경 위로 눈을 치켜 떴다. "네 아버지 거야."

루이즈가 소책자를 보고 고모에게 하는 말이다.

진 루이즈가 비꼬는 말투로 말했다. "니그로들은(그들에게 하느님의 가호가 있기를) 머리뼈가 두껍고 두개골이 얇아서(도대체 이게 무슨 말인지) 백인보다 열등할 수 밖에 없으니까, 우리는 모두 친절을 발휘해 니그로들에게 그들의 분수를 알게 해서 스스로 다치지 않게 해야 한다는 부분이 특히 좋던데요. 세상에, 고모."

당시 백인들의 흑인에 대한 생각이 이랬다. 이 때는 2차 대전이 끝난 후로 1950년대 미국인들의 생각이었다.

진 루이즈는 흑인을 변호하고 항상 합리적이라고 믿었던 아버지 애티커스 변호사가 이런 소책자를 보았다는 사실에 의구심을 갖게 된다. 뿐만 아니라 핀치 변호사도 그런 생각에 동의한 것이다. 결정적으로 메이콤 주민협의회에 가서 남부출신 인종차별주의자 오핸런을 소개하고 그의 연설을 듣는 아버지를 보게 된다.

진 루이즈는 남자들의 일에 대해서는 별로 아는 게 없었지만, 입에서 오물을 토해내는 사람과 아버지가 한 자리에 앉아 있다는 사실이 무얼 의미하는지는 잘 알고 있었다. 아버지가 참석했다고 오물이 조금이라도 깨끗해지나? 아니다. 그것은 용납을 의미했다.

여기서는 흑백간 인종차별 뿐 아니라 다른 종류의 차별도 꼬집고 있다. 진루이즈를 사랑하는 헨리가 다른 부분을 지적하고 있습니다.

문이랑 책이랑 글이랑

"누구나 다 의탁할 대상은 자기 자신 밖에 없어. 행크."

"아냐, 그렇지 않아. 여기는 달라."

"무슨 말이야?"

"너는 할 수 있어도 나는 그냥, 못하는 것들이 있다는 거야."

"어째서 내가 그런 특권을 가진 인물이지?"

"너는 핀치 집안 사람이니까."

   루이즈는 메이콤 사람들 모두와 의견이 다르다. 고모, 삼촌, 애인, 아버지와 맞선다. 그렇지만 어떻게 자기 신념을 말하고 어떻게 다른 사람들의 의견을 듣는지 알게 된다. 아버지와 다른 한 사람이 되는 과정이고 아버지는 딸의 성장을 응원한다.

"너는 미안하게 생각할는지 모르지만 나는 네가 자랑스럽다."

   그녀는 고개를 들어 아버지가 밝게 미소 짓는 것을 보았다.

"……"

"나는 물론 내 딸이 옳다고 생각하는 것을 위해 물러서지 않았으면 했지. 가장 먼저 내게 맞섰으면 했어."

   딸은 아버지로부터 정신적 독립을 했고 아버지는 그것을 자랑스러워했다.

내 그림자 돌아보다
「영리」(누마타 신스케 지음)를 읽고

電光影裏斬春風
번갯불이 봄바람을 벤다

봄바람을 베는 번갯불은 그림자의 뒤편에 있다.

　태풍이 다녀갔다. 비의 신 쁘라삐룬! 태풍이 다녀간 3일 동안 이 책을 읽었
다. 얇은 책만큼이나 가벼운 마음으로 책을 펼쳤는데 당황스러웠다. 무슨 이
야기를 하려고 하는지, 무슨 일이 벌어지고 있는지 알아채는 것이 쉽지 않았
다. 앞부분을 두세 번 읽고 나서야 감이 잡히고 다 읽고 나서도 무슨 이야기
를 하는지 이해가 안 되었다. 다시 읽었다. 나이 탓이려니...
자괴감이 잠깐 들었으나 나의 뒷모습이 그럴지도 모른다는 생각이 들었다.

　태풍 소식에 무심하고 사람들의 호들갑에 의아했다. 아이가 시험을 보아도
무심하고 오히려 그날그날의 일정에만 집중했다. 해야 할 일은 많은데, 하고
싶은 일도 많은데 시간을 어떻게 쪼개야할까 하는 고민만 했다. 시험결과가
기대만큼 안 나와 힘들어하는 아들도 눈에 안보이고 믿음이라는 이기적이
고 편리한 단어로 포장하는 무심한 엄마다. 이런 엄마의 그림자 이면을 보고
아들은 절망했을까? 절망을 이겨내고 외로움을 이겨내고 일어나겠지 라고

무책임한 믿음의 눈길만 보낸다.

안전불감증에 무심함이 덧댄 나는 2011년 동북아 지진 현장을 경험했다. 그때도 무심했다. 춥고 힘들기는 했으나 내가 죽을지도 모른다는 생각은 안 했다. 오히려 집에 와서 TV 화면으로 보는 현장이 더 무서웠다.
나와 내 가족은 무사할 것이라 생각했다. 그 때가 배경이 된 소설을 읽으면서 여러 가지 생각이 겹친다.

봄바람을 베는 번갯불, 그림자 뒤에 숨은 그의 정체는?
히아사
아무도 그에 대해 모른다
유일한 직장동료였는데
히아사를 기억하는 사람들은 그의 영업 대상이었던 사람들
그다지 좋지도 나쁘지도 않은 이미지로 새겨져있기에 영업대상이 되었겠지

그는 사기꾼인가?
학력위조에 아버지를 속인 불효자인가?
자연재해 이후 실종신고조차 하지 않는 아버지는 어떤 사람인가?
시체 찾는 노력조차 민폐라고 말하는 아버지,
히아사는 그 아버지의 그림자
무심한 아버지, 상처받기 전에 관계를 마감하는 아버지와 아들은 닮아있다.

거기서 내 모습을 본다.
무심함, 두려워한다고 올 일이 안 오겠나 싶은 안일함, 운명아 비켜라 내가 간다, 이런 뜻 모를 자신감? 내가 보인다. 호들갑 떠는 세상이 시끄럽고 버거운 안전불감증의 내 모습이 보인다. 이러다 큰 코 다치지 싶다가도 운명이라

면 받아들여야지 체념하게 된다. 강한 의지 따위는 없는 것 같다. 그것이 가족의 일일 지라도 마음은 아프겠지만 시간이 약이겠지 싶다.

아직 내게 닥친 일이 아니라서 그럴 수 있겠으나 누군가는 다치고 나서 시간이 지나면 상처가 아물지만 누군가는 상처딱지가 아물만 하면 잡아 뜯어 피를 보고 울어버리는 아이가 된다. 히아사의 아버지는 상처를 바라보지도 않으려한다. 확인하고 싶지 않다.

그놈은 내 자식이 아니다. 나를 속여먹은 놈이다.

그러나 가장 겁쟁이 아버지이다. 나처럼. 직면하고 이겨낼 용기가 없을 수도 있다. 그렇게 나를 속여먹은 나쁜 놈이라고 생각해야 버틸 수 있다. 사기를 치더라도 어딘가 살아있다고 믿고 싶은 마음일 것이다.

나도 겁쟁이다. 외롭다고 아프다고 온몸으로 말하는 아들을 힐끗 보고 너는 이겨낼 수 있을 거야. 괜찮다고 괜찮다고 아이를 토닥이며 사실은 나의 소급증을 토닥이고 있다. 두터운 불신을 얇은 믿음으로 포장하고 괜찮다고 최면 걸고 있다. 상처를 외면하고 시간이 지나면 아물 거라고 믿는 미련함, 안전불감증, 그러면서 한편으로는 흉터가 남을 텐데, 곪으면 어떻게 하지?

얄팍한 책이 참 무겁고 긴 글을 쓰게 한다. 얄팍한 믿음의 이불을 덮고 있는 내 삶에 대한 불안을 떠들어보게 하는 책이다. 내 그림자 뒤편에 외로워하는 아들이 있다. 크느라고 힘겨워하는 아들이 있다. 바라보기 안쓰러워 외면하고 있지 않은지 반성이 된다. 중학생이 되어 한 학기를 마무리하는 아들을 한 번 더 보듬어주며 사랑한다고 말해줘야지. 다른 것은 모르겠고 정말 사랑스러운 아들이니까.

고독한 엄마 ④

- 어려움이 힘이다
- 고독해서 고독하지 않은 날들
- 끝나지 않았다
- 날이 저문다
- 내 안의 카라마조프
- 당신의 시는, 투쟁은 그리움이었습니다
- 숲, 잃어버린 시대, 두고 온 시간
- 눈바래기 하는 지지미
- 벤을 아는가?
- 슬그머니 보낸 선물에 톡으로 대답하다
- 돈키호테, 당신은 중독자였군요
- 돈키호테, 꿈에서 깨어나다
- 물구나무서기
- 고독은 늪이다
- 뻐드렁니 부모
- 사랑에도 치사량이 있더라
- 그래도 앞으로 구르기만 할 것인가?
- 시간 차가 빚어낸 오해의 끝
- 아웃!
- 안나에게
- 오만과 편견
- 오스카는 괴물인가?
- 이상한 일이다
- 친구라고?
- 호밀밭의 파수꾼

고독한 엄마 (고전을 讀하는 엄마들)

3년 전 9월 고전문학을 읽고 싶어 모인 엄마들,

혼자라면 읽다가 팽개칠 책들, 아니 엄두도 못 낼 책들에 도전,

읽고 쓰는 행위가 뿌듯하다.

전에 읽었던 책들을 다시 읽고 새로운 감동에 빠지기도 하고

지금 이야기되는 인문서를 읽기도 한다.

책을 읽고 나누는 이야기들은 그림이 되기도 하고 시가 되기도 한다.

어려움이 힘이다
「1984」(조지오웰 지음)를 읽고

이 책은 1949년에 바라본 1984년 이야기였다.

1984년, 나는 이때 스무 살이었다. 내 나이 스무 살 때 이 책은 묘한 느낌이었다. 통금이 해제된 지 3년째였지만 말조심을 해야 하는 시절이었다.

벽에도 귀가 있고 낮말은 새가 듣고 밤 말은 쥐가 들어 국가 정책에 어긋나는 말을 하면 군대로, 삼청교육대로 사라졌다. 옆 동네 이야기는 유언비어였고 이에 대해 입맛 벙긋해도 불온한 간첩으로 몰렸다.

2016년에 다시 읽는 1984는 미래소설이 아닌 과거소설이지만 많은 부분 현재 이 시대의 이야기랑 맞물린다. 세월호, 경남 무상급식, 위안부 할머니들, 싸드 배치, 유등축제 가림막 문제까지 여러 가지 상황들에 나는 여전히 비겁하다.

20대 때 몸에 밴 습성인지 아직도 겁이 많고 가능하면 주변 상황을 거스르고 싶지 않다. 이런 이야기 자체가 불편하다. 그렇지만 지금은 화를 낼 수도 있고 욕을 해도 잡혀가지는 않는다. 그러나 대놓고 잡혀가지 않더라도 강하게 반대의견을 표현하다 물대포를 맞고 죽어가는 사태가 여전히 벌어지고 있다. 아무리 촛불을 들어도 궁금하다고 이야기해도 속 시원하게 궁금한 게

고독한 엄마

확인되지는 않고 변명과 모른다는 대답에 더 답답해진다.

 여전히 정부와 의견이 다르면 용공이고 좌익이 된다. 어제의 우익 의견이 다른 쪽에서 이야기하면 북한의 사주를 받았다고 한다.

 다른 나라도 그럴까? 궁금해진다. 실화에 바탕을 둔 영화나 소설들을 읽어보고 충격을 받은 적이 많다. 그런데 지금 다른 나라들은 어떻게 달라졌을까? 우리나라는 모든 면에서 급속도로 발전했다. 눈에 보이는 지표들은, 그러나 행복을 말하는 지표는 바닥에 닿아있다.

 서로 믿지 못하고 증거가 필요한 시대, 누구나 쉽게 녹음하고 사진 찍지만 누구나 쉽게 조작도 가능하다. 지금 우리를 조종하고 있는 빅 브라더는 누구일까 생각해본다. 답답해지기도 하다. 그러나 그럼에도 불구하고 우리는 여전히 꿈을 꾸고 행복을 말한다. 나와 내 가족, 내 이웃들과 그 꿈을 나눈다. 세상은 늘 어렵다. 어려움이 힘이다. 어려움을 극복하는 과정이 꿈이고 행복일 것이다.

끝나지 않았다
「노인과 바다」(어니스트 헤밍웨이 지음)를 읽고

나의 청새치를 꿈꾼다.
쉽게 포기했고
다시 시작했고
내가 잡은 작은 물고기에 만족했다.
하고 싶었던 것, 배우고 싶었던 것,
놀고 싶었던 것
작은 일에 만족했다.
노인도 그랬을 것이다.
처음부터 청새치가 목표가 아니었을 것이다.
물어뜯는 상어가 있어 더 크고 값진 청새치,
내가 먹을 고기가 없어도, 뼈만 남겨왔어도
노인은 영웅이다.
전설이다.

지난 일
파도와 바람과 목마름의 세월,

손바닥 굳은살로,
느린 외로움으로,
지루한 노인의 이야기로,

끝나지 않았다
들어주는 소년이 있기에
노인은 다시 바다를 꿈꾼다

노인이 겪어낸 바다는 지난 일이 아니다
노인은 어제 밤에 돌아왔다
상어떼가 청새치의 살점을 몰이뜯어
뼈만 남겨왔더라도
전리품은 훌륭하다

잠든 노인은 그대로가 꿈이다
소년에게는

날이 저문다
남아있는 나날 (가즈오 이시구로 지음)을 읽고

스티브의 여행길
날이 저문다

바다를 꿈꾸지 않았다
하늘도 보지 않았다
바람이 이는가
부슬비가 내리는가

주인님이 만든 무대
주인님 찾은 손님은 곧 내 손님
그들의 화제거리가 내것인 양
그 무대는 내 무대
역사의 현장에서 나는, 또 내 주인은 잘못한 것이 없다

누가 뭐라해도
달링턴 하우스는 나의 자랑이다
구름이 있었던가
사랑이 있었던가
그녀가 있었지

고독한 엄마

지금 그녀가 필요하다
노을이 진다
내 삶에도 진한 노을이 찾아든다

여운이 남는 책이다. 어떤 일을 하든지 스스로에 대한 자부심을 갖는 것, 최선
을 다한 사람의 자신감, 인생을 걸만한 일인지 이리 저리 따지고 계산하지 않고
아버지의 아들이기에 아버지처럼 1급 집사로 살아왔다.

주인도 바뀌고, 세상도 바뀌었는데 남아있는 나날, 어디 마음 두고 살까?
나도 지난 날을 되짚어본다.

내 안의 까라마조프

「까라마조프가의 형제들」(도스토예프스키 지음)을 읽고

두툼한 책 3권을 책장에 모셔둔 지 3년 만에 펼쳐보았다. 엄두가 나지 않아서 미뤄두었는데 고독맘 덕분에 밀린 숙제를 하게 되었다. 막상 읽기 시작하니 재미있었다. 이것이 고전의 힘이구나 싶다. 첫 페이지부터 매력적인 책이 아니라 곱씹어 읽으면 읽을수록 빠져드는 것, 그래서 백 년이 지난 이야기도, 우리랑 전혀 다른 생활양식을 살고 있는 다른 나라 사람이 쓴 이야기도 읽게 된다는 생각이 든다.

까라마조프가의 형제들, 제목처럼 남자들의 이야기다. 말도 안 되는 사람들, 염치없고 바람둥이인 아버지, 자식을 버리고도 아무렇지도 않게 살아온 아버지와 그 아들들의 이야기. 아버지를 죽이겠다고 나서는 큰 아들 미챠, 아버지를 정말 죽이겠다고 말했고 죽이고 싶었지만 죽이지는 않았다고 말한다. 정말 막장이다. 그런데 이 책은 고전 명작이다.

이 책이 우리가 폄하하는 막장 드라마와 다른 점이 무엇일까? 어쩌면 그 시대의 막장 드라마였을 것 같다. 지금 TV에서 나오는 막장 드라마가 100년 쯤 뒤에 고전이 될 수도 있겠다 싶다. 아버지가 좋아하는 여자를 사랑하는 아들들, 사랑을 믿는 듯 믿지 않는 여인, 그런 집에 유일하게 종교적인 막내아들, 극단적인 선과 악이 뒤섞인 아들들이 한 아버지를 둔 형제들이다.

정말 이런 사람들이 있을까 싶지만 뉴스를 보다 보면 지금 이 시대 이 나라에서도 충격적인 사건들이 많이 나온다. 어쩌면 성냥갑처럼 층층이 집들을 이고 사는 우리 머리 위 몇 층에 사는 가족이 이럴 수도 있겠다 싶다.

1권에서는 서로 미워하고 사랑하는 관계의 이야기였다면 2권에서는 인물 개개인의 이야기로 풀어나가서 조금 더 구체적인 사건들이 나온다. 1권도 흥미진진했지만 2권을 읽으면서는 나를 돌아보았다. 내 안 어느 구석에 숨어있는 착한 구석, 아니면 음탕한 생각들, 이기적인 생각들, 악마적 상상들, 미처 꺼내지 못해서 그렇지 내 안에 덕지덕지 묻혀 있을 것들이다.

3권에서 더 짜릿한 사건들이 나올지 모르겠지만 일단 2권까지 읽은 소감은 내 안의 악마들을 들킨 기분이다. 층층이 겹겹이 쌓인 여러 가족들 중에 있을 법한 막장은 어쩌면 내 안에 아파트처럼 쌓여 있지 않을까?

구체적인 사건들이 세세히 정리되지는 않지만 두고두고 읽고 싶다. 3권을 읽고 나서 다시 꼼꼼하게 천천히 들여다보고 싶다.

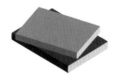

당신의 시는, 투쟁은 그리움이었습니다
「네루다의 우편배달부」(안토니오 스카르메타 지음)를 읽고

네루다, 당신의 시 구절에
사랑 한 편 피어납니다

베아트리스 앞에서 한 마디도 못하던
숙맥 마리오가
당신의 시편으로 사랑을 이루었지요

당신에게도 기다림이 있었지요
마리오를 기다렸지요
스웨덴에서 올 소식을

이슬라 네그라를 떠난 당신
당신의 그리움을 달래주려고
마리오는 이슬라 네그라의 소리들을 보냈지요
바다소리, 바람소리, 사람소리, 아기 울음소리….
칠레의 바다를 그리워합니다
칠레의 사람을 그리워합니다

고독한 엄마

당신의 시는, 당신의 투쟁은 그리움이었습니다

신기루가 아닌, 무지개가 아닌
매일 기다리고 만나고 이야기 나누는
우편배달부와의 우정이었습니다

그것이 시이고
사랑이지요

숲, 잃어버린 시대, 두고 온 시간

「노르웨이의 숲」(무라카미 하루키 지음)을 읽고

그들이 잃어버린 것들은
삶이라고
생명이라고
청춘이라고 한다

와타나베, 기즈키와 나오코의 빈 틈에 스며든다
상처 많은 나무, 기즈키 스러진다
나오코와 나는 딱따구리 되어 기즈키를 쪼아댄다

와타나베, 나오코와 레이코의 숲으로 스며든다
나오코 스러진다
레이코의 기타 소리, 비틀즈의 노래 속으로

미도리의 파릇한 삶을 만나지만
초록 숲에서 다시 길을 잃는 와타나베

비행기에서 만나는 노르웨이의 숲
레이코가 들려주는 비틀즈의 노래
봄날 움트는 나뭇잎(하루키)이 잃어버린 시대는
코코넛에 숨은 달콤쌉싸름한 서투른 젊음

나도
스무살, 그 나이에 계룡산을 오르며 방황했었지
북유럽의 단단한 나무를 키워내는
노르웨이 숲을 닮은 그곳에
내 시간은, 젊음은 먼지가 되어 광석의 소리로
산자락 거름 한 낱 되어있을까?

눈바래기 하는 지지미
「설국」(가와바타 야스나리 지음)을 읽고

국경 터널로 기차 들어온다
눈 속에 터널 만들어 이웃으로 통한다
태내(胎內) 건너듯

시마무라(島村), 눈바다 떠다니는 섬
이 세상 잠시 스쳐 지나는 남자 유키오(行男)
팔랑이는 어린 잎, 요코(葉子)
말이 되어 기다리는 고마코(駒子)

그들은 눈바래기 하는 지지미
눈에서 색을 버리고 눈부신 색 입는다

터널로 나갔다가
다시 돌아오는 시마무라(島村)
섬이 도리어 눈을 찾는다

고치 창고에 불이 붙고
요코(葉子)가 떨어졌다 어린 이파리 떨어졌다
나뭇잎 지고 바람 시려올 무렵
시마무라(島村)와 고마코(駒子)의 날은
쌀쌀하고 찌푸린 날

산돌림, 눈이 올 것이다
먼 천둥 같은 몸 울림,
바다가 있는 곳은 바다 울리고
산 깊은 곳 산이 울린다.

벤을 아는가?
「다섯째 아이」(도리스레싱 지음)를 읽고

같은 꿈을 꾸던 해리엇과 데이비드
사랑하고 결혼하고 아이들을 낳았다
루크, 헬렌, 제인, 폴
여기까지는 행복했다

다섯째 아이, 벤
아무도 이해하려 하지 않는 괴물
다섯째 아이는
외계 생명체일까?
원시 종족일까?

동네 건달 존 일당은
벤을 벤으로 보았다
벤은 그저 꼬맹이, 멍청이일 뿐
벤은 그런 아이이고 싶었을 것이다

행복하려 했고 행복하다 믿었던
해리엇 부부는
벤의 수렁에 빠져 허우적거린다

지금 나는 행복한가?
내 옆의 벤을 모른 척하고 사는 것은 아닌가?

슬그머니 보낸 선물에 톡으로 대답하다

「달과 6펜스」(서머셋 모옴 지음)를 읽고

그냥 걸었지요.

아들과 함께 걷는 길

하늘을 올려다보았습니다.

손톱달이 따라오더이다.

딱히 뭔가 이유를 붙이지 않고 같이 걷는 길에

달이 슬쩍 끼어들어도

너그럽게 봐주면서 말이지요.

먼 니리, 세네갈에서 보내준 신물이라 느껴시네요.

지금가지 받은 어떤 선물보다 이쁜 선물입니다.

세상에나 달을 선물로 받다니

나는 참으로 잘 살아온 것 같네요.

당신의 뜻과 상관없이

고맙게 받겠습니다.

스트릭랜드가 꿈꾸는 달, 타이티의 달을 느껴봅니다.

지난 겨울, 몹시도 추웠던 날들, 사춘기 아들과 보낸 게으른 날들

우리 사이에 슬그머니 끼어든 손톱달이 저에게 영감을 주었습니다.

이 책을 읽으면서 그 손톱달이 생각났습니다.

6펜스 은화와 비교되는 은빛 둥근달은 아니었지만

몰에 가서 1000원짜리 오뎅 하나 사먹지 않고 나온 우리 둘을 따라온

달이라면 그와 비슷하지 않을까요?

그저 동내 한 바퀴 둘이 걸은 것으로 만족하던 우리와 함께 한 손톱달과

6펜스 은화가 아닌 1000원짜리 지폐의 의미와 닮은 듯 합니다.

분명 이 책의 달과 통할 것 같습니다.

고독한 엄마

돈키호테, 당신은 중독자였군요

「돈키호테」(미겔 데 세르반테스 지음)를 읽고

당신이 이 시대에 태어났으면
리니지 게임을 하고 있을 것 같네요.
PC방에서 컵라면으로 끼니를 때우고 밤을 잊었겠지요.
CU에 컵라면 사러 가다 만난 건들건들한 고등학생은 산초 판사

어서오세요.
3,800원입니다.
뒤에 사람 기다리잖아요.

CU에는 공주님이 있다
둘시네아 델 토보소 공주님
긴 머리 묶고 흰 티에 청바지를 입은 공주는
싸움도 잘한다.

어쩌면 공주님이 마법에 걸려 전사가 되었을 수도

공주님을 구해야해
시비 거는 인간들은 혼내줘야지.
손에 잡히는 밀대 걸레로 머리를 퍽!
쓰러지는 아저씨, 놀라는 사람들, 앰뷸런스 소리

뮤이랑 책이랑 글이랑

나는 기사예요.
공주님을 지켜야 해요.

그러나 아무 변명도 하지 않았다
둘시네아 공주님이 알아줄 테니까

가볍게 고른 책이 무겁게 나를 찾아왔다. 두 권씩이나...
두껍고 하드커버로 장정되어 있고 걱정이 앞선다.
책을 펼쳐보니 그래도 조금은 안심이 된다.
그림이 제법 많이 있다.
에피소드들이 죽 이어지는 것이 재미도 있고 진도도 잘 나갔다.
그래서 고전인가?
이렇게 두껍게 이야기를 끌어간 자체가 존경스럽다.
읽기 전에는 단편적인 풍차로
돌진하는 정신병자 이야기만으로 생각했는데
읽다보니 돈키호테는 중독자라는 생각이 들었다.
뉴스에서 보던 황당한 범죄자들 중 게임중독자들이
종종 있었던 것이 연결되었다.

정도 차는 있겠지만 우리는 대부분 중독자라는 생각도 했다. 남편들은 대부
분 일 중독, 주부들은 드라마 중독, 공부에 중독된 경우도 있다. 아이들은 게
임 중독, 나는 활자 중독.

고독한 엄마

돈키호테, 꿈에서 깨어나다
「돈키호테2」(미겔 데 세르반테스 지음)를 읽고

당신의 이야기는 광인일지, 그런 줄 알았지요.
그런데
당신을 위한 무대는 치밀해지고
조연을 자청한 사람들도 점점 진지해지더군요.
왜 그랬을까요?
재미있으니까,
놀리는 맛에,

세상에 선보인지 10년 후에 이어지는 이야기,
숱한 모험담들을 응원하는 사람들
상상의 세계를 연출하고 출연도 하더군요.
산초의 입을 통해 세상을 조롱하고
돈키호테의 진지함으로 상식을 비틀었지요.

당신의 이야기에 빠져듭니다.
두꺼운 책 무게만큼이나
당신이 하고 싶은 이야기는 무거웠습니다.
마지막 책장을 덮고 한동안 가만히 있었습니다.
돈키호테가 죽어가던 장면,

주변인들은 그를 사랑했었습니다.
나도 그를 사랑하고 있었습니다.
당신의 이야기는 엉뚱하고 재미있지만
무거웠습니다.

돈키호테의 사랑은 봄철 노랑나비
절절한 노랫말도
심각한 드라마도
핏빛 처절한 아픔을 말하지 않아도
선명한 노랑으로 팔랑팔랑 꽃으로 날아드는
치열함입니다.
치열함의 무게, 노랑의 무게는 가벼운 듯 무거운 사랑입니다.

고독한 엄마

물구나무서기
「채식주의자」(한강 지음)를 읽고

나지막한 산길을 올라 운동기구가 있는 공원에 도착했다. 발길에 스치는 봄싹들, 눈에 들어오는 봄봉오리들, 코로는 연한 봄내음을 맡는다. 느릿느릿 걸어간다. 점점 숨이 차고 다리가 뻐근해진다. 그래도 좋다. 봄이니까.

그러던 어느 날, 오솔길 곳곳에 나무 의자 몇 개씩 앉아있더니 운동기구들이 하나 하나 늘어났다. 철봉에 윗몸일으키기, 스테퍼, 거꾸리...

허리가 길어서 슬픈 종족인 키 큰 친구가 거꾸리에 매달린다. 나도 매달린다. 머리로 피가 쏠리고 발등이 아파왔다. 거꾸로 매달리는 것이 무섭기도 하고 내 몸은 자꾸 바로 서려했다. 오래된 습관 때문일 것이다. 그러기를 서 너 번 반복하고 나서 자연스럽게 거꾸로 매달렸다. 벽에 다리를 지탱하고 물구나무서던 것과 다른 느낌이었다.

나무가 된다. 머리카락은 물을 찾아 땅속으로 향하는 뿌리가 된다. 뿌리 바로 위에 있는 눈이 하늘을 올려다본다. 아름답다. 참새 혓바닥 같은 새 잎들이 팔랑팔랑 춤추고 키 큰 굴참나무 사이로 하늘이 보인다. 아, 나도 나무가 된다. 이대로 조금 더 있으면 도토리 열매 정도 키워낼 수 있지 않을까?

내 팔 다리 사이로 잔가지들이 자라나고 조금씩 어린 가지들은 꺾이기도 하겠지. 나는 어쩌면 도토리보다 5월의 찔레나 조금 더 키가 큰 3월의 목련이 될지도 몰라. 엄지발가락에 쌀랑한 봄바람이 닿으면 목련꽃봉오리 만들 수 있을 거야. 아니면 왼쪽 새끼발가락에 눈에 보일 듯 말듯 잣 꽃송이로 말할 수도 있을 거야.

문이랑 책이랑 글이랑

그해 봄 나는 영혜가 되었다. 이 책을 읽기 전인데 나는 영혜처럼 나무를 꿈꾼 적이 있다. 다르다면 나는 아직까지 고기를 좋아한다는 것이다. 삼겹살을 구워서 쌈장에 마늘, 고추 얹어 상추에 싸먹거나 숭어회를 초장에 찍어먹는 것도 좋아한다. 아무렇지도 않게, 양심에 거리낌 없이, 미안하다는 생각도 없이.

복날이면 삼계탕을 끓이고 여의치 않으면 치킨이라도 시켜먹어야 하는 보통의 한국 아줌마. 어쩌면 영혜가 정상인인지도 모르겠다. 엉덩이에 몽고반점이 남아있는 여인, 고기를 거부해서 가족들로부터 외면당하고 정신병자로 몰리고 예술 하는 형부만 알아주는 가족파괴범이지만 영혜는 나무를 꿈꾼다. 영혜를 숲에 두었으면 나무가 되었을까?

몇 년 전 가좌산에서 나무를 꿈꾸었던 나도 영혜를 닮았을까? 아직은 사람들 속에 섞여 아무렇지도 않게 살고 있지만 꿈속에서 깊은 우물을 보고 우물에서 썩은 내가 난다면 피비린내가 난다면 나도 숲으로 갈 것 같다.

사람들이 많이 오가는 공원이 아니라 사람들의 발길이 뜸한 아마존의 숲으로 갈 것이다. 거기서 물구나무서서 보면 내 다리에 잎이 달리고 내 무릎에, 뒷꿈치에, 발가락에 아카시아꽃 조롱조롱 매달고 진한 향으로 벌들을 불러 모을 것이다.

꿈을 꾸어보았다. 더 이상 내 꿈에 피 냄새 나는 우물은 없다. 단내 나는 하얀 꽃들 조롱조롱 매달고 있는 키 큰 아카시아 나무가 있다.

나는 아카시아다. 영혜가 되고 싶어 하던 그런 나무가 되어 아름답게 서있을 것이다. 거꾸로.

고독한 엄마

고독은 늪이다
「백년 동안의 고독」(가브리엘 마르케스 지음)을 읽고

백년 동안의 고독?
나에게는 110년 동안의 고독이었다.
제목이 주는 무게감으로
책장에서 나오지 못한 책

우르슬라는 나를 모른다
나는 그녀의 가족사를 알고 싶지 않았다.
어쩌면 겁이 났는지도 모른다.

그들을 몰랐을 때도
막연히 수렁에 빠져들던
늪이 기다리고 있던 콜롬비아의 역사
역사가 두려웠다
지금 이어지고 있는
우리의 역사도 두렵다

자그마치 100년 동안의 늪,
늪은 저절로 풀을 키워내고
진창을 만들고
다시 번성하고
썩어간다

고독은 늪이다
자그마치 100년의 늪을 찾아가는데
10년이 걸렸다
아직도 늪에서 헤매고 있다

고독한 엄마

뻐드렁니 부모
「고리오 영감」(오노레 드 발자크 지음)을 읽고

사랑니가 아프다
뻐드렁니 사랑니가 잇몸에 부대낀다
사랑니라 무조건 예쁜 딸
내 사랑은 두 개 뿐
네 개 중 두 개 남았다
삐뚤어진 사랑이 아파서
두 개를 빼버렸다

고리오 영감의 사랑도 삐뚤어졌다
삐뚤어진 사랑은 죽음이라
사랑이 죽어가는데
사랑하는 딸들은 올 수 없다

매정하다고
어쩌면 그럴 수 있냐고
돌을 던져보지만
한 쪽으로 뻐드러진 사랑은 돌이킬 수 없다
죽음에 이를 때도
영감은 혼자였다

내가 빼버린 사랑니는 어디에 버려졌을까?
치과 쓰레기통에 버려진 사랑니가 내 아이를 보게 한다.

사랑에도 치사량이 있더라
「젊은 베르테르의 슬픔」(요한 볼프강 폰 괴테 지음)을 읽고

사랑에도 치사량이 있더라
죽을 만큼 사랑했던 이가 있었는가

로테,
치사량에 이르기 전
사랑이 깊어지기 전
베르테르는 떠났다
알베르트의 총으로
로테가 손수 먼지 털어 전해준 그 총으로

로테는 아플까?
아마 그럴 것이다
알베르트는?
아마 그럴 것이다
로테는 알베르트를 사랑할 수 있을까?

치사량의 사랑으로 여름 꽃 떠난 자리
열매 맺고 씨앗 품은 풀나무에
베르테르의 총상이 보인다.

그래도 앞으로 구르기만 할 것인가?

「수레바퀴 아래서」 (헤르만 헤세 지음)을 읽고

무언가를 섬기고 옮겨야 한다
밑에는 오직 길 뿐이다
수레는 그런 것이다

벌레를 깔아뭉개는 것은
실수로라도 피해야 할 일이다
깔려죽는 것이 사람이라면
그것도 네가 사랑하는 아이라면
너도 모르게 그 아이가 네 발 밑에서
떨고 있다면

그래도 앞으로 구르기만 할 것인가
네 수레에 무엇을 실었는가
네 아이는 바퀴 아래에 깔려있는데
보이지 않는 영광이 수레에 타고 있다고?

수레에 무엇이 타고 있는지
아이의 꿈인지
너의 비뚤어진 욕망인지

아침,
내 발 밑을 살펴본다
내 아이의 얼굴을 바라본다

무이랑 책이랑 글이랑

시간 차가 빚어낸 오해의 끝

「테스」(토머스 하디 지음)를 읽고

작은 이익을 위한 살인범은 대역죄인이다
정의로운 곳에서는
정의를 위한 살인범은 영웅이 된다
남자들의 역사에서는
사랑을 위한 살인범은 치명적 아름다움을 가진다
특히나 살인범이 여자라면

살인범 테스
작은 이익도 없고 영웅도 아니다
치명적 아름다움?
그보다는 오히려 조용하고 평화로운 결말이다
사랑하는 사람이 함께 한 평화로운 결말

나를 죽인다
사랑을 얻기 위해 아양을 떠는 일은 자연스러운 일이다
다음 수를 노리고 잔꾀를 부리는 것은 흔한 일이다
대의명분을 위해 나를 버리는 일은 가끔 있는 일이다
불리한 결과를 예상하면서 진실을 말하는 것은 쉽지 않은 일이다
사랑이 떠나갈 지라도
진실이기에 밝혀야 하는 테스는
순수한 여인

고독한 엄마

시간 차
모든 오해는 어긋난 시간 때문이다
모든 우연은 예상치 못한 시간에 온다

행동은 생각보다 먼저 뛰쳐나가고
생각은 두 발 뒤에 천천히 걸어가고
이해는 언제 올지 모른다
사람일 대부분 그럴 것이다.

이 책은 사랑의 옷을 입고 있다. 21세기에는 감동적인 이야기가 아닐 수도 있다, 그런데 19세기 이야기임을 감안한다면 사랑의 옷을 입은 영국을 담고 있다. 몰락한 귀족 집안의 경제적 어려움, 족보를 세탁한 졸부의 행태, 두 더 버빌 집안 이야기가 바닥에 깔려있고 고귀한 신분의 클레어 이렇게 세 집안 이 축을 이룬다.

진짜 귀족이 가짜 귀족에게 팔려가고 강간당하고 아이를 낳고 죽어가고 다시 쫓겨나는 일은 억울하기 짝이 없다. 죄라면 너무 순진한 죄이다. 그러고 보면 가장 큰 죄는 무지일 것이다. 가난보다 더 큰 죄는 욕심이고 무지이다. 최소한 욕심대로 살려면 똑똑하게 살아야한다. 뻔뻔하게 살아야한다.

테스 부모의 무지보다 더 큰 죄는 테스의 순진함이다. 표면적으로는 순수한 여인이고 거기다 아름답기까지 하다. 그래서 죄가 없고 피해자일 뿐이다. 그런데 세상의 잣대는 그것이 가장 큰 죄이다.

동정심을 유발하지만 곧고 바르지만 세상 남자들을 유혹하는 요소, 유혹을 뿌리치는 곧은 성정, 사랑을 받아들이는 일에 있어서의 시간차, 너무 빨리 과거사를 털어놓은 것, 바뀐 전 남편을 매도하는 것, 이들이 죄라면 죄일 것이다. 아니라도 죄를 유발하는 요인은 될 것이다.

고독한 엄마

아웃!
「인간실격」(다자이 오사무 지음)을 읽고

아웃!
시대가 원치 않는
계급이 원치 않는
여인이 원치 않는
가족이 원치 않는다고

삶을 팽개친 남자

그럴까?
요조
당신, 세상을, 여인을, 학교를, 일을
버렸지. 그렇지.
세상을, 여인을, 학교를, 가족을
팽개친 거야
무책임하게 말야

아니야
나는 버림 받았어
숨이 막혀
살 수가 없어

무이랑 책이랑 글이랑

당신이 나를 버린 거야
시대가 나를 버린 거라고
나는 인간으로서 실격 당했어

아웃이라고

나를 알아주도록 연기할 수 있었지
나를 좋아하도록 연기할 수 있었어
아무리 나를 좋아한다고 해도
나는 떠나야 해, 안녕

그리 느껴지던 때가 있었다.
어려서, 힘이 없어서, 무기력했던 때 모두가 청춘이라고 하는 20대, 30대에
나는 어려웠다. 청춘은 푸른색이 아닌 잿빛이라 여겼다. 계절은 봄이 아닌 겨
울이라 여겼다. 그리 여기던 날들, 시절들 봄이기에 춥고, 푸른 색이기에 추
웠다. 20세기는 그런 청춘이었다. 20세기를 살아낸 이들은 그래서 빛난다.

안나에게

「안나 카레리나」(톨스토이 지음)를 읽고

당신은 기차로 옵니다
페테르부르크 역, 사랑이 기다립니다
페테르부르크 역, 한 삶이 떠나갑니다

브론스키를 바라보던 키티
시들시들 마른 가랑잎 되어 시골로 떠나고
키티를 바라보던 레빈
무너지는 가슴 안고 시골로 떠나고

사랑을 택한 당신도 기차를 탔군요
이방의 도시에서 지성을 탐하던 당신
행복했나요?

키티를 열망하던 레빈의 눈길 농민을 향하고
시든 이파리 된 키티, 다시 레빈 만나 사랑을 찾았네요

브론스키와 떠났던 당신 브론스키와 함께 돌아왔네요
기적소리 힘차게 울리면서

프랑스와 영국을 갈망하던 당신의 러시아처럼
사랑을 갈망하던 당신
사람들의 차가운 시선에 얼어붙은 심장
사랑까지 의심하여

당신 기차 길로 떨어지네요
페테르부르크 역, 안개 속 다른 세상으로
페테르부르크 역, 당신의 사랑이 시작되던 날 목격했던 그 사람처럼

이제 편안한가요?

고독한 엄마

오만과 편견

「오만과 편견」(제인 오스틴 지음)을 읽고

선남선녀 제인과 빙리의 사랑은 아름다웠다
롱본 시골사람들에게는,
귀족인 다아시는 불순하다 했다
목소리 크고 결혼에만 관심 있는 천박한 가족들과 귀족의 결혼
있을 수 없는 일,

다아시, 그의 오만함이 무너진다
경쾌한 웃음소리, 재기발랄한 엘리자베스에게 빠져든다

다아시, 참 멋없는 남자,
춤추는 것도 이야기 나누는 것도
우습게 생각하는
오만한 사람, 멋있는 위컴을 괴롭히는 사람,
그렇게 생각하던 엘리자베스

그녀에게 청혼하는 콜린
엘리자베스가 거절하자 샬롯에게로
단 하루 만에 대상이 바뀐다.
콜린과 샬롯의 순조로운 결혼

무난한 삶이다

철없는 리디아와 위컴의 도피
해결사로 나서는 다아시

치명적인 편견과 오해를 넘어서
장원을 걷는 다아시와 엘리자베스
그들, 꽃길을 꿈꾼다.

고독한 엄마

오스카는 괴물인가?

「양철북」(귄터 그라스 지음)을 읽고

두려움 없던 오스카
세 살 때도, 십대 때도, 전쟁의 소용돌이 속에서도
순진한 척 살아남은 오스카
파괴로 이어지는 분노의 목소리,
그는 괴물인가?

세 살 때 성장을 멈춰버린 오스카
그는 부서지기 쉬운 양철북인가?

소리의 주인공은 가죽이 아닌 양철
얇고 쉽게 부서지는 소수자들!

기괴하다고
혐오스럽다고
무시해도 좋다고 한다.

그런 줄 알았다 모두가
그렇다고 생각했다 모두가

세상을 이끌어가는 것은
오케스트라를, 밴드 분위기를 이끌어 간 것은 오스카의 양철북인 걸

음악과 소음의 차이

잘 정리된 소리는 감동을 주는 음악이다. 오스카의 북소리는 음악이다.

오스카의 목소리는 파괴를 부르는 소음이다.

가락이 아니어도 장단만으로 우리 가슴은 뛴다.

두구 둥 둥 둥......

태고적 북소리, 세상을 깨운다. 세상을 고발한다.

전쟁을, 사랑을, 부조리를 고발한다.

이상한 일이다

「질투」(알랭 로브그리예 지음)를 읽고

A가 있다

아니 A를 관찰하는 그가 숨어있다

복도를 지나 거실과 침실, 문 하나 하나를 바라본다

창을 통해

아침이 오고 하루가 가고 해가 진다

A가 외출한다 이웃집 남자 프랑크와

이상한 일은 아니다 남자 사람 친구랑 시내 가는 것은

차 수리 하러 가는 길에 쇼핑가는 것은 이상한 일이 아니다

그런데 이상하다

새벽 6시 반, 어둠 속에 떠나간 그들은

자정 쯤 오기로 한 그들은 다음 날 돌아온다

이상한 일은 아니다

차 수리가 늦어졌고 밤이 왔고 호텔에서 자고 다음 날 왔을 뿐

이상하다

외박한 아내, 그것도 이웃집 남자와 밤을 보내고 온 아내

그럼에도 불구하고 다툼이 없다 분노도 의심도 없다.

아무 일도 안 생긴다

짐작조차도

정말 이상하다

내가 A인 듯 나른한 풍경 속 정물이 되어간다
박제가 된다
화석이 된다
화석이 되어 무한한 추측으로 살려내는 이는
A가 아내라는 말 한 마디 없이 A를 고문한다

불길,
이글이글 끓어오르는 분노를 기대했다
아무 일도 없었다
심증조차 없었다
지루할 정도로 평화로운 묘사는
적막한 시골 풍경 그대로 연속되는 정물화,
화가의 서명도 없는 익명의 그림들,
익명의 화가는 그림 저 편에서 끝없이 관찰하고
관찰자를 읽고 있는 나는 서서히 얼어간다
풍경 한 귀퉁이에 나도 포함되어
그려지고 있다면?
나는 얼어간다
동상은 화상보다 더 처절하다 말로 표현할 수 없을 정도로
3도 화상을 입었다. 그의 질투에

친구라고?

「벨아미」(기 드 모파상 지음)를 읽고

벨아미
친구란다 그것도 멋진 친구,
치명적 매력남 조르주 뒤루아
무일푼의 풍운아
성공, 뒷배경이 되어준 많은 여자들
친구 포레스티에의 부인에서 그의 아내로
아내의 불륜을 핑계로 다른 줄을 잡고
엄마와 딸의 마음을 동시에 흔들어놓는
나쁘다는 말로도 부족한 파렴치한
덕분에 돈 벌고 출세하지만
욕망은 커져만 간다

역사의 뒤안길에
그렇고 그런 게 웅크리고 있다
예나 지금이나
동양이나 서양이나
서민들이 모르는 정치판이 그리 흘러가고
거기서 성공하려는 이들이 있고
무너진 도시 귀퉁이에 웅크리고 있는

그림자를 보고 뒷담화를 한다
그럴 수가, 아닐 거야, 정말? 말문이 막힌다
분노한다
촛불을 든다
심판한다
그러나 바뀌지 않을 것이다
그래도 또 분노하고 촛불 들고 심판 할 것이다

고
독
한
엄
마

호밀밭의 파수꾼

「호밀밭의 파수꾼」(J. D. 샐린 지음)을 읽고

빽빽한 호밀밭 속에서
숨바꼭질하는 어린 영혼들
그들의 자유와 안전을 지키고 싶다

홀든 콜필드의 바람

어린 영혼 앨리, 이 세상 떠나
호밀밭에 있겠지
야구 미트에 추억을 남겨놓고

변절한 꿈을 찾아 떠난 형 DB
그에게 할리우드는 호밀밭일까?

홀든의 호밀밭은 어디일까?
혼돈을 지켜줄 파수꾼은 어디 있을까?
세 번째 만나고 거부당한 명문학교 펜시,
그곳에서 꿈 꿀 수 없어
어른들 세계를 기웃거리며 흉내 내는 홀든

흔들리는 청춘은
그를 지켜주려는 이들로부터 점점 멀어 진다
앤톨리니 선생님, 파수꾼이고자 하지만 파수꾼이 될 수 없다

혼돈을 지켜준 파수꾼은 깨끗한 영혼의 피비,
사랑스런 피비의 돌발행동이다
오빠 따라 가겠다고 가방 싸들고 나서는 깜찍한 도발

회전목마
그들의 방황은 회전목마,
결국 집으로 발길을 돌리는 홀든
피비를 지키려는 홀든
홀든을 지키려는 피비

호밀밭을 걸어오는 누군가를 만나면
나는 그에게 피비가 될 수 있을까?

고독한 엄마

고독해서 고독하지 않은 날들

고독할 새 없었다
애써 한가하려 했다
책 욕심에 또 하나의 모임을 만들면서
걱정이 앞섰다

나는 나를 멈출 수 없었다
하나의 일정이 추가된다는
거기에 책을 읽고 글을 써야한다는 사실은
가슴 뛰는 부담이었다
군중 속의 고독
바삐 지나가는 하루하루가 허무로 다가올 때
나를 다독인 것은
한 권 한 권 늘어가는 책 목록과
책장 빼곡이 두 겹으로 채워지는 민음사 문학전집,
내가 기특하다
참 열심히 살았다고
토닥토닥 등 두드리며
또 한 해를 보낸다.
같이 읽고 이야기 나눌 책벗들이 있어

나는 고독하면서 고독하지 않았다
군중 속에서도
정신없는 날들을 참빗으로 빗어가며
나를 다지고 단단해지고 있었다
모두 소중한 사람들
모두 고마운 사람들
솜털 같은 충전제로 포근하게 모난 시간들을 감싸주고
서로 토닥여준 사람들
오늘이 소중하다
오늘도 고독으로 고독하지 않은 하루다

고독한 엄마

文이랑 책이랑 글이랑

발행일: 2018년 8월 25일
지은이: 이눈희
펴낸곳: 도서출판 곰단지
펴낸이: 이화엽
출판등록: 제 329-251002017000015 호
디자인·편집 : 곰단지 편집부
교   정: 신은희
주   소: 부산 부산진구 신천대로71번길 33, 3층
E-mail: gomdanjee@hanmail.net
Homepage: www.gomdanjee.com
T E L : 051-634-1622
F A X : 070-7610-7107
ISBN : 979-11-962180-6-5